U0624171

废斯人 著

抵达森林中央

长江出版传媒 | 长江文艺出版社

图书在版编目（CIP）数据

抵达森林中央 / 废斯人著. -- 武汉 : 长江文艺出版社, 2025. 2. -- ISBN 978-7-5702-3734-0

Ⅰ. I247.7

中国国家版本馆 CIP 数据核字第 202402BJ35 号

抵达森林中央

DIDA SENLIN ZHONGYANG

责任编辑：胡金媛	责任校对：程华清
封面设计：小　一	责任印制：邱　莉　王光兴

出版：长江出版传媒　长江文艺出版社
地址：武汉市雄楚大街 268 号　　邮编：430070
发行：长江文艺出版社
http://www.cjlap.com
印刷：武汉中科兴业印务有限公司

开本：880 毫米×1230 毫米　　1/32　印张：7.625
版次：2025 年 2 月第 1 版　　　2025 年 2 月第 1 次印刷
字数：139 千字

定价：32.00 元

目　录

抵达森林中央

1

　　每逢农历十五，林爷都会下山，到镇上买些米面油盐。这天林爷起得早早的，骑上摩托车赶到集市，果不其然，卖鱼丸子的摊位前围满了人。过了立冬，正是吃鱼丸子的季节。养了一年的草鱼，膘肥肉厚，将鱼肉剁碎，和着面粉、姜、蒜制成鱼丸子，简单的加工保留了鱼的鲜味，山民用来烫火锅，或者煮鱼丸汤。镇上就花婶子一家卖鱼丸子，新出锅的鱼丸子冒着热气，被倒入铝盆中。一阵哄抢，不一会儿一锅鱼丸子就被抢完了。见这架势，林爷怕是抢不过。好在他跟花婶子是熟人，于是将半个身子探进人群，大声喊了一声花婶子。

　　花婶子忙中应了一声，会意地说："晓得，晓得，你待会再来，现在人多。"

　　林爷得了这话退出人群，将摩托车停到闲静处，摘掉暖帽，独自在集市上晃悠。他打算买一盒针线，袜子左一只右一只破了洞，扔了可惜，缝补一番还能再用。得买一盒万氏筋骨贴，一入冬腰就疼得厉害；还得买几斤饺子皮，包点饺子留到半夜值班吃。这个季节，只要做点体力事，就容易饿，一天得吃四餐。林爷大袋小袋买了一堆，再回到花婶子处，铝盆里鱼丸子已经空了，人群也散了去。

　　林爷说："丸子容易卖，你为啥不多煮两锅。"

　　花婶子从躺椅上直起身子，将散落的毛毯捡起来，毛毯的边边都塞到双腿下压实，这样就灌不进风来。今儿一开张，卖了八锅了，累得她双脚打战，站都站不稳，这才躺会儿。

　　林爷近了一步说："身体还好吧。"

　　花婶子说："年纪大了，身体一年不如一年，还要捏丸子、照店，这能挣几个钱，我说关门回家养一养，这街坊邻居不让我走，非要吃我捏的鱼丸子，鱼丸子哪有那么好吃，反正我是不爱吃。"

　　林爷走到灶头，翻开锅盖，里头是花婶子留给他的鱼丸子，他伸手抓了一个，塞进嘴里。鱼丸子还是滚烫的，他烫得舌头打转，囫囵地吞了进去，又烫了喉咙和胃，没试着味道。他又拿了一个，认真地吹了吹气，再吃。"鱼丸子还是你做的地道。"林爷说完，找了一个塑料袋，开始捞丸子。

花婶子说:"听说你们山上要修防火带。"

林爷说:"上面定的任务,不知道资金到位没有,反正没钱的话,山上就动不了。你们就盼着今冬多打霜吧,打了霜,就不用搞森林防火。"

"那山烧着了跟我有半毛钱关系,我又不会去打火。"花婶子说,"倒是今年的雨都下到去年了,一场雨下了个把月,把湖里的鱼都顺带走了,今冬吃的鱼是夏天补的青鱼苗子,没养个两三年是长不大的,今年的鱼赶不上以往的肥,都没鱼油。"

他望了一眼花婶子,迟疑地说:"可是味道丝毫没变。"

花婶子说:"那是我手艺好,要知道我做鱼丸子做了三十一年,等我死了,你就吃不到了。"

林爷将装满鱼丸子的袋子递给花婶子,问她多少钱。

花婶子用手一提,大概知道了重量,说道:"你给十块钱,不挣你的钱。"

"我的钱也是人民币。"林爷知道这袋子鱼丸不止这个价,留了二十元钱在桌上。他正准备离开,花婶子喊住了他,小声说:"你不晓得吗?"

林爷一头雾水。他说:"晓得什么?"

花婶子说:"那女人又来了。"花婶子指的是慧芳,她不是本县人,每年冬天都会来到镇子上居住两个月,等到来年开春了才离开,这已经是第三个年头了。她是来做门的。关键是冬尾还有一个春节，她年夜饭竟也是一个人吃，真是一个怪人。

林爷听到是她，不耐烦地说："来了就来了，关我什么事，凭什么非要我晓得。"

花婶子继续说："她住在顺来旅馆，一来就付了三十天的房租，一次性付的，顺来夫妇俩在年终好不容易盼来一笔大生意，天天服侍她的饮食起居。要吃青菜，就掐最嫩的青菜，要吃肉，就称黑猪肉，用心得很。"

"她就是一个疯子。"林爷听闻，转身就要走，花婶子连忙说："她昨晚来这儿了，那可是她第一次来，她穿着一件红色的呢子大衣，系着黑色的丝巾。我瞧她不过五十岁出头，说话轻声细语。她说她喜欢吃鱼丸子，特地来看看鱼丸子是怎么做的。我就问她大老远来我们这儿做门，是何缘故。她说，想做一扇木门。我说，现在大门都是防盗门、金属门，木门都用在房间里，不要现成的，那就要请木匠师傅打制，老的请不动，镇上年轻的木匠师傅还有好几个，手艺也不错。她听后没理我，在店里转了转就走了。"

"理你才怪。"林爷说，"你一把年纪了，闲得打听这些鸟事，不腰疼才怪。"林爷走出了门。

花婶子追着问："你说怪不怪！"说完发出爽朗的笑声，林爷厌恶地瞪了一眼花婶子。

林爷出门骑上摩托车，不消十分钟就来到了山底。他将摩托车停在一旁，撒个尿，远远地瞅见有三个人在山下的湖里捕鱼。这湖在前年就禁捕了，偷鱼的却没少过，要是放在以前，他肯定要喊两声，吓吓那贼，现在他管山不管水，懒得去嘬闲事。何况这个季节不偷鱼，哪有鱼丸子吃。只不过林爷低下头望着这一湖水，心里想着慧芳又来了，他越望心情越烦躁，突然他呼吸不畅，仿佛地在沉陷，湖水涌了过来，将他淹没，水钻进他耳朵里、嘴里，憋得他喘不上气，他吓得双手划动，人往后一仰，一屁股坐在了地上。果然，记忆开始蠢蠢欲动，稍不注意，就会在脑海里翻涌，他想抵住，过了这么多年终究是抵不住，于是他使劲掐了掐虎口，一阵酸疼，这才猛然清醒。林爷的动作惊到了偷鱼的人，他们警惕地向四周张望。林爷缓了一会儿，感觉自己的身体大不如前了。他从地上爬了起来，转过头，跨上摩托车，顺着蜿蜒的山路直上。

2

林场的办公点在一棵古银杏树的旁边，银杏树的叶子早就掉光了，光秃秃的枝丫上站着一只猫头鹰。它一点都不怕人，直愣愣地盯着林爷。林爷对它吹了一声哨。它抬了抬脚，哼叫了一声，像是认识林爷一般。

"又逗那鸟？"说话的是杨叔，他在灶头，一边烧水，一边说，"也就是现在，它活得舒悠，搁在以往，早就和着白萝卜一起炖了。"

林爷走进屋子，拍了拍身上的落叶，缩在屋角烤火。

灶上水煮开了，杨叔将鱼丸子下锅，煮得沸腾之后，再搁点青菜稍微烫一下，最后加一勺盐，起锅。一锅鱼丸汤就做好了。杨叔先给林爷盛了一碗。

这鱼丸下的鱼料足，又嫩又滑，满口肉香味。林爷端着碗，一口气囫囵地全吃完了，连汤也喝了。

杨叔用小铲子将灶门还未燃尽的炭火铲到了门口，等到炭火熄灭了，剩一些小黑炭，留着当引火烧。他慢腾腾地从柜子里拿出一瓶压盖楚乡酒，转过身，见林爷的碗都干了，笑着说："酒还没喝，丸子就吃完了？"

林爷说："我不喝酒。"

杨叔说："放屁，你昨天就喝了，把肠子喝坏了，放了一晚上的臭屁，这两天不给你酒喝了，免得屋子里臭死了。"

林爷没作声。

杨叔倒了一口酒，滋滋地喝了一口说："那女人又来了！"

林爷摇头说："不晓得！"

杨叔说："你还不晓得？昨天来顺家的托人带信给林场，信上什么内容都没说，就说慧芳来了。"

林爷说："来了就来了呗！"

杨叔嘴里塞进一枚鱼丸，说："对，我也是这个意思，来了就来了呗，干吗专程打个电话过来，像是有她的熟人一样。"

林爷还没作声。杨叔继续说："她说要做一扇门，镇上的人都好奇，我也好奇，谁会大过年的跑到这个鬼地方来，仅仅是为了做一扇门。"

林爷望着门口还没烧尽的柴火灰，火星被风吹得忽亮忽暗，恍惚中，林爷看到了一片竹林，他家就是在竹林窝里，旁边是一条河。小的时候他经常生病，三天一药剂，十天一药方，路的两边都倒满了药渣子，远远就闻到了一股中药味。后来一位游方道士路过竹林，闻到药味，专程来到他家歇脚。他母亲央求道士给他算个命。

林爷突然说："你相信命吗？"

杨叔愣愣地看着他。

林爷说："有个道士给我算了一卦，说我命中缺木，气运不佳。"

杨叔说："缺木呀，怪不得你的名字除了'木'，再也没有别的了。"

林爷继续说："道士说我的'木'不是缺一点两点，缺得很严重，这一生怕都要补'木'。我不信鬼神之说，他的话我自然没听进去，倒是我母亲拿他的话当个宝，刚好我家有一个远方的表叔在福建海边干打鱼的营生。母亲要送我去海边学船工。"

杨叔又喝了一杯酒，说道："海边肯定比山窝子好，开阔，看得老远老远，你为什么没去呢。"

林爷用铁钳拨了拨火灰。那一年姐姐出嫁，家里请来木匠打嫁妆。林爷还小，见着新奇，天天围着木匠转。有一天手痒，他趁着师傅吃饭的时间，拿起刨子玩耍，学着师傅有模有样地刨木。不消一会儿，整块木料都被他刨得有棱有角。师傅见着了，大吃一惊，夸他是吃鲁班饭的。林爷兴冲冲的，从那时起，他对干木工活有了兴趣，起了当木匠学徒的心思。母亲自然不肯，说他五行缺木是当不了木匠的，反复劝他。他谁的话也听不进去，就是要学木工，偷偷跑到隔壁县拜了木匠师傅。母亲为此，置上了气，嫌他没出息。多年不理他。

林爷说："不知道为什么没去海边，怕是八字不合吧。"林爷从木匠师傅那里学了三年的大工，一年的小工，才在隔壁县的十字街口开了一家铺子。出师前，他跟师傅有规定，为了不抢生意不伤情谊，他单做木门，别的木工活一概不接。他做的门板四方四正，加上自创的雕花样式，结实又好看。

杨叔说："桌椅床柜都是挣钱的大工，专门做门的师傅非常稀少，我记得你在街上还小有名气，这也算一奇谈。"杨叔灵机一动，这才反应过来，"慧芳是来找你的呀。"

林爷从杨叔手上抢下了酒杯，一饮而尽。他说："我做的门都会做个记号——在门的边边上刻一个'木'字，我就不服命，就不服那个'木'。不吹牛，我的门供不应求。不是主顾来挑门，是我来挑主顾，那些麻烦精我都拒之门外。"

杨叔说:"听说你娶过媳妇?"

林爷呵呵地笑了起来,说道:"我倒想有媳妇。"

那几年木门生意好,林爷打算攒些钱在临街的河边买一块地,再盖两间瓦房,娶一房媳妇。然而世事难料,二十世纪九十年代初,镇上出现了铝材门、铁皮门……各式各样的门,雕花是用机器雕的镂空样式,大家伙都觉得金属门防盗又耐用,样子又时髦,争先购买金属门,那一阵子对他的生意打击挺大的。林爷想了一个法子,在木门外面套一层金属皮,比金属门廉价,又比木门时兴,铁定能挣一笔钱。他听说汉口有铁料,就起心去江汉路看一看,于是1998年的夏天,他去了一趟武汉。

当天到了汉口汽车站,一下车,天就开始下雨,越下越大,没多久变成了暴雨。他在汽车站旁边找了一个旅店。连下几天的大暴雨让他都出不了门,在旅店一住就是几天。他心疼一天二十元钱的房费,却又无可奈何。很快暴雨将武汉城淹了一大半,洪水的警报拉响了,街上到处都是部队的人。幸好林爷住的旅馆地势高,除了出门的大路被堵了并无大恙。他找了一份报纸,上面报道说:长江洪峰超历史,湖北多地险情严重。他转念想,家里怕也是在下暴雨,那竹林窝就在河道的下水口,他开始担心家里,连写了几封信却送不出去,打电话到镇上也没接通,只得干着急。

杨叔说:"那年的雨下得真大,水哗哗地从山上往下流,把下头的镇子也淹了大半。"

林爷吃了一口鱼丸，冷了，他嚼得碎碎的，才咽下去。说："是好大的雨呀，等雨下尽，处处都是比人还高的黄色的积水，像是大海，我也没见过海，但是那几天我一直做梦，梦见我在海边的沙滩上躺着，然后海浪袭来，将我整个人淹没，我无法呼吸，等我强烈挣扎快不行的时候，海水又退去了，如此反复，搅得我整夜睡不着。那黄色的海水，看着就恶心。"雨一停，林爷就决定要回家。当时到处都受了灾，路又不通。有车坐车，有船乘船，没车没船就只能走路，走也要走回去，就这样折腾，他花了七天时间才回到了镇上。

林爷说："等我冲回竹林窝的时候，洪水已经退去了，房子塌了，母亲被洪水杀了。我哭都哭不出来，跪在地上干号。"

杨叔从林爷手中拿走了杯子，说道："怪不得你怕下雨，一下雨你就躺在床上不起来，我还以为你是故意懒着不做事。"

林爷抢过酒瓶，灌了一大口说："怪不了别的，只能怪我的命硬，水生木，如果当时我要听母亲的话去海边当一名渔夫，说不定还能得个平安。所以我一想起这个事，恨当时怎么那么羣。后来，我握起刨子，自然而然想到了那摊黄色的海水，把我的手紧紧吸住，怎么甩都甩不掉，之前以为是幻觉，可是手心手背全都是湿哒哒的，水珠子不停地往下流，县里的医生说是汗，我不信，那分明就是黄水。"

杨叔怕林爷喝多了，硬是把酒瓶拽了回来。林爷凝视着自己的双手，说道："反正是做不了木工活。"

杨叔说："这事不关你的厉害，命不命也不相干，只是有些事确实连人也没办法。慧芳这下怕是找错人了，但是做门的木匠也不少。"他把酒瓶放回柜子里，收拾好碗筷。

林爷长叹一口气。

杨叔见状，和气地说："听上头说，明年要做防火带，我这把老骨头折腾不动了。打算不签合同了，明年去广州，照顾我孙子。"

林爷有些意外，照看这片山林的就两个人，杨叔走了，就剩他一人了。林爷急促地说："真的要去？不是要我的！"

杨叔说："我是想得好，儿媳要不要我去还另说，就我这副模样，像个老叫花子，怕是要吓坏我孙子，只是不晓得在这林子里还要混多久，真要混到死呀。"

林爷不安地望向窗外，说："反正我没地方去，就待在这儿。"

杨叔说："你命里再缺木，这十几年在山里也攒足了，你得出去，离开山，离开镇子，去外头看看瞅瞅，或者干脆死在外头，别老拽着往事，伤身！"

林爷转头望着窗外，树枝上的猫头鹰突然一个跳跃，振翅飞到了旁边的一棵树上。

3

林爷躺在床上,这几日他常常回想到以前,人老了,管不住记忆了,它们如同散盘的沙,动不动就冒了出来。那只猫头鹰站在树上冷得跺脚。他想到了那年冬天,和木匠师傅进山里挑木料。到了年底,山上的木料要么是砍了当柴烧,要么卖给了木工。师傅总是挑着腊月最后几日去,可以压压价。一车杉树够一年用,谈好了价钱,不消两日,整棵整棵的树都被送到了铺子。林爷得在开年的春天开始刨木。刨料前要选择纹理清晰、无结疤的木块做正面,顺着纹理刨削,刨好的木头要经过整个夏天的风晒。到了秋天,才能动手。划线、凿眼、倒棱、裁口、开榫、断肩,等这些步骤完成之后,就要磨砂了。磨砂这一道看似简单的工序,却最难,要用十多种刮磨工具进行多次刮磨,才能使木门平整。有时要打磨一整个星期。林爷的手指在墙上游走,仿佛在打磨一张门框,墙上斑驳的油漆在脱离。他想到自己已经许久没有动过刨子了。

外头刮起了风,将枯烂的银杏树的烂枝卷了下来,猫头鹰也倏地一下跳到屋檐上,看样子要下雨了。林爷用被子蒙着头。他等了一刻钟,雨还未下下来呢。在黑暗中,他似乎闻到了药渣子的味道,循着气味,回到了竹林下的老家。家里大门敞开,早已空无一人,桌子板凳早已落满灰尘。他喊了一声,喂！没人回应。他走进杂物棚，找到了一把斧头和一把镰刀。他扛着斧头来到后院，选了一棵板栗树，砍倒了，然后用镰刀剥皮。一棵板栗树，显然做不了门，他想不到能做什么，手却不停，一层层地给树剥皮，每剥一层皮，树干就变得光滑一些。耳边一直回荡着道士的声音：命中缺木。他的情绪渐渐激动了起来，剥树的手法越来越快，下手越来越狠，发泄着内心的愤懑。忽然，他手一滑，镰刀从手臂上划了过去，留下一道口子，血随之流了出来。他愣愣地望着血缓缓地流动，像是一道道水流。涓涓细流汇成了大海。他表叔在海边的小船上捕鱼。他从未去过海边，从未见过海，但是海的模样在他脑海里如此深刻，如同亲眼看到了一样，那里有沙滩，有贝壳，有海浪，还有几间房子。他走到门口，一眼看出房子的木门是他亲手做的，他摸了摸门，门上繁复的花纹包裹着家族的姓氏，这些都是他设计的，他为此感到骄傲。突然，他听到房子有动静，他细细地听，是切菜的声音，他母亲在做饭，等他回家。他急忙地想要推开木门，无论多么用力，门都纹丝不动，他疯狂地敲门，门却发不出一声响，如同一面墙，又如同一片黑暗。他惊吓地坐了起来，原来是梦。他揉了揉眼睛，外头下着大雨，他望着溅在窗户的雨花，或许他的房子就在某一个海边。这时门被敲响了，他先是一惊，回过神来，赶紧去开门。来的是花婶子。

花婶子一进门就说："冷死了，这雨冻成雪子，天要开始下雪了。"她走到火盆旁，见火盆里的炭火快熄了，拿了铁锹拨了拨火堆。"本想进来暖暖手，你这老货，也太懒了，林子着不了火，就猫在床上不下地。"

林爷见状，从灶门口抱出一把松针，点着了放进火盆里，再放一层细炭。"进山的路可不好走。"

花婶子说："这路是难走，禁伐之后，连小路上都长满了狗儿刺，本来身体就疼，难走得很。要不是要找林场的买些天麻，我八辈子也不走这条路。"

"你打个电话上来，我有空给你带下去。"林爷吹了吹松针，火势起来了，见花婶子冷得发抖，他准备倒杯热水给她。林爷摇一摇开水瓶，没水了。他又用电壶添一壶水，烧了起来。林爷说，"要天麻那玩意干啥？"

"等你有空，要等到下个月去了，还不如我来走一趟。我这几天头疼，想弄点天麻来炖肉，镇镇头热，刚好被来顺媳妇晓得了，她托我帮她带几斤。"

林爷心里咯噔了一下，小声念着："来顺家的。"

花婶子说："倒不是来顺，是住在他家的慧芳这几日病了，病得有些厉害，在卫生院开了西药。"

林爷说："什么病？"

花婶子说："不晓得，反正不是感冒之类的，听说动不动就晕厥了，还咳血，卫生院也没十拿九稳的把握，让她去县里的医院，她死活不去。这倒把来顺家的吓到了，生怕是什么不好的病，再逢着年头出了事，那他家的生意就做不了了。来顺家的整日睡不着觉，头疼得厉害，我只好走这一遭，帮她弄些天麻吃。"

林爷说："她人还好吧。"

花婶子说："那天，来顺媳妇偶然接到中介的电话，问慧芳明年还去不去。原来每年春天，她去温州给人当保姆，浆洗衣物，打扫做饭，挣了钱，到了冬天就来这边，悠闲一段日子，把钱花光，再出去。来顺媳妇说她哪是来做门的，怕是来找哪个负心汉的，这些日子一直想轰她走，但是人家毕竟给了住宿费，来顺媳妇脸上挂不住，就约定在除夕之前，慧芳必须要离开旅馆，到时候慧芳还赖着的话，赶也要把她赶出去。"

水开了。林爷从灶门拿了一截生姜，用刀柄拍碎，扔到杯子里，然后倒上开水，递给了花婶子。

花婶子说："那女人看着挺可怜。如果不是除夕，我就让她来我家住，住多少天都可以，我一分钱不要，偏偏我们山里人就讲究这个，乐年尾，喜年头的，丧气的东西一概不沾。"

林爷问："她赖在这儿干啥，干脆回家去！"

"来顺家的天天苦口婆心地劝她回家去，过个好年，她就一个劲地哭。"花婶子喝了一口姜汤，瞅了瞅林爷，轻声地说，"你要是能做门，就发发善心，帮她做一扇门，别人做的门她一概不要！"

林爷给自己倒了一杯开水，他喝了一口，水烫得他跳了起来，他顺手把茶杯扔在地上，然后气冲冲地跑到柜子前，拉了拉柜门。柜子锁了。他又从桌子下拿出斧头，将柜门的锁砍掉，打开柜门，拿出了杨叔的压盖楚乡酒，一口闷地喝了半瓶。花婶子吓得站在墙角，一脸莫名其妙地望着他。

林爷抬起头说："不好意思，见丑了。"

花婶子疑惑地看着林爷，见他平静下来了，才缓缓说道："吓我一跳，你这老货，挺孬种的。"说完喝了两口姜汤，压了压惊，又说道，"我决定了，过了正月就不再做鱼丸了，这倒霉蛋的东西谁愿意做谁做。"

4

杨叔去城里过年，走的前一天才跟林爷说。林爷二话没说，骑摩托将杨叔送到了镇上坐班车，将杨叔和行李扔下后，又骑车返回林场。杨叔这人嘴紧得很，不到最后一刻，不会说真话的。林爷心想，可能是与杨叔的最后一面吧。发洪水那年，林爷在村部住了一年，他什么事都没做，也什么都不想做，整天地坐在村门口，痴痴地望着大山。村里的本家亲戚虽然管了他的饭，但是想到长久这么下去，终究不是那么一回事，就联系了杨叔，拜托给林爷介绍一份营生。没过多久，杨叔来到了村里，见到林爷四肢健全，体格还算健壮，心里就有了底，毕竟护林员又不需要什么技术含量。杨叔见林爷始终望着山里的方向，笑着问："什么东西这么好看？"

林爷说："山！"

杨叔说："山好看吗？"

林爷说："山上都长满了树。"

杨叔说："山上肯定都长满了树。"

林爷说："那是木，整山整山的木，你不知道，我就是缺木头的命。"

杨叔说："那你跟我去山上呗。"

林爷问："去做什么？"

杨叔说："去看一看，能找点事做的话更好，不能的话，就当看看风光。"林爷本以为是去看看风光，就跟杨叔上了山，这一上山，就没有再回竹林窝了。

经过一片杉树林时，林爷下了车，拍了拍树干，已经长得如此挺拔了。以前这儿有三棵檀树。他在山上过的第一个冬天就明白了：林子里只有烈酒才解得了寒。那晚，杨叔去镇上买了鱼丸回来，他们把鱼丸串起来，淋了油，放在火上烤。烤鱼丸外焦里嫩，配上老谷酒，真是一绝。他们正吃得欢的时候，门外咚的一声。林爷放下酒杯，出门一看，不知道什么时候，树丫上的猫头鹰掉了下来，站在门口徘徊。正在林爷惊疑的时候，一群鸟扑哧地飞了起来，从山的那边落到了山的这边。

林爷问："这是咋了？"

杨叔说："别咋呼，恐怕是野兽在巡山。"

林爷望着黑黝黝的林子，仿佛有几双眼睛在盯着他，瘆人得慌，就退回到屋子。林爷总觉得不对劲，便问杨叔："这山林还有野兽？"

　　杨叔顺手给林爷倒了酒，说道："有，凶猛着呢。"

　　林爷说："要不我们去巡一趟林子，好安个心。"

　　杨叔说："巡个毛，你天天巡还不乐意呀，每个月的工资就那么一点，我已经多帮公家巡了百千遍。"林爷正要说话，杨叔打断了他说："何况外头有猛物，不要钱，得要命。"

　　林爷烤着鱼丸，心里始终忐忑不安。他猛地喝了两杯谷酒，抽起桌上的电筒，跑了出去。杨叔跟在后头喊了两句。

　　在一片黑夜之中，到底往哪个方向走？林爷全凭感觉。这些山路他不晓得走过多少遍，即便在晚上，他也能健步如飞。有一次，他站在高处，望着一片山林，一阵风过，山林泛起了波浪，如同一片海。好大一片海！林爷走在林子中，指尖触摸着树皮，仿佛一个个波浪打在手尖上。他深深呼吸了一口空气，的确是不一样的气息，有一种咸味，怕真的是海。处在森林之中，他难得的舒适、自由，于是每天都起得早早的，在林子里不停地走，累了就大口地呼吸，或是站在高处，眺望这片大海。他早跟这片林子产生了一种默契。林爷跑了许多时，前头传来一阵阵砍伐声，黑夜将响声放大，飞禽在跳跃，走兽在奔跑，响声越来越清晰，林爷加快了脚步。

　　等林爷奋力冲了过去，现场空无一人，这片林子的三棵檀木都被伐倒了，其中的两棵早已装车运走，现场还留下一棵没来得及处理的檀木。他急忙走到山边，往山下察看，一束束车灯远去，逐渐消失在黑夜之中。

定是有人通风报信了。林爷气冲冲地回到场部。这时杨叔已经喝晕了，躺在了床上。林爷看了一眼杨叔，气不打一处来，他定是故意喝晕的，于是跳到杨叔身上，劈头盖脸地狠狠打了他一顿。杨叔醉得不省人事，只哼哼唧唧的。第二天早上，杨叔一起来，发现自己鼻青脸肿，疼痛难忍。他找林爷问情况。林爷说，他去追偷木头的人，其余不知，怕是偷木贼偷偷潜回到场部，实行报复吧，最好去派出所做个笔录。杨叔听了这话，连忙说，哪来的仇，何谈报复，我都不认识那帮臭小子。林爷说，已经打了电话给森林公安。杨叔哦了一声，语重心长地说，又惊动了他们。到了次年的植树节，林爷找林业站要了几棵杉树苗子，在原来檀树的位置上补种了起来。起先，他每天来看一看树苗子；等苗子成活了以后，他半个月来一次；再等杉树枝繁叶茂，他就来得少了。到后来，他几乎忘了这片林子。

林爷望着山林，记起来这桩盗树的案子一直没有破，但是自那之后再也没有盗树的事了。自从镇上可以灌煤气了，来山上砍柴的人就少了，现在封山育林，更没有人上山来。以后这片林子就只有林爷一人看管，这是一件麻烦事，他顺手按了几声摩托车的喇叭，表达不满。

天上落了几片枯叶下来。这时林爷正准备骑上摩托车，他骤然想起了一个人，慧芳！也是在这片林子里，他遇见了慧芳。那天，他在集市买了鱼丸子正上山，慧芳突然冲了出来，拦着去路。林爷问她有何事。她号啕大哭，央求林爷给她做一扇门，出多少钱她都愿意。林爷蒙地回应说，他早已多年不做木工活了。女人猛地跪在地上求他。林爷见状，躲到离女人稍远的一棵杉树下。

　　慧芳哭诉，她的声音像枯叶一样被寒风吹散得到处都是。林爷听着听着就走神了，觉得女人说的事如同自己的经历，虽然他努力地想忘掉那些事，那些事却在这一刻突然清晰了起来，像洪水猛兽一样，将自己吞灭，他强烈地感受到：心在一颤一颤。

　　慧芳说："那扇门是你做的吧，门的边上有一个'木'字。"

　　林爷打断了女人说道："我早就不做门了。"

　　慧芳一步步紧逼，她说："我知道你也在洪水中受了灾，你应该跟我感同身受。医生说我有癌，活不了多久，求求你帮帮我吧，我只想找到家，你就给我做一扇门吧。打开门，我就能回家。"

　　家？早就没家了。林爷心想：家都没有，要门何用！

　　慧芳一把扒拉到林爷的肩膀。林爷吓得把她推开，往后退了好几步，林爷心虚了，这个突然出现的陌生女人打破了他和山林好不容易建立起来的默契，以及那种微妙的心理平衡，又将自己拖回到数不清的梦魇之中。他又得重新跟洪水一遍遍计较。林爷恨极了慧芳,他吼道:"你个疯女人,我说了不做门就坚决不做,不要再来找我了!"

5

林爷走出屋,寒风灌了进来。雪终究是没下成,雪子变回了毛毛雨。他伸出手,雨点落在手掌心,他打了一个激灵。几周前,他问了杨叔防火带的位置,那一片林子势必要砍掉一些树,都已经标记好。林爷戴上斗笠,向森林深处走去。冰冷的雨,很快浸透了他的衣服,他感到了阵阵的寒意。他强力压制住脑海里的回忆。忽然,林爷一失神,一望无际的黄水浮现在脑海里。水慢慢地灌进了他的耳朵、鼻子、口腔。他尝了尝味道,是中药味,苦死了。他奋力挣脱,然而黄水已经淹过他的头颅,他渐渐呼不上气,身体随之沉了下去。他瞪大眼睛,混沌之中,他看到水底伸出一棵棵树,是杉树,成材的树。它们在水下摇曳着枝干。林爷发现有一个身影在森林里穿梭,那人背着一把斧头,找到一棵粗大的树,狠狠地砍了下去。他用力地砍向大树,那人的相貌也逐渐清晰,林爷定睛一看,居然是母亲。他忽地惊醒了,摊开双手,全都是汗水。

这时雨已经停了,林爷的衣服已经湿透了,他右手摘掉了斗笠,扔在一旁,左手紧紧握着斧头。"死八婆。"林爷喊了一声，他觉得不痛快，扯着嗓子连喊了几声，声音在林子中回荡。慧芳年年冬天都专程来到小镇，求他做门。一股无形的压力折磨着他，让他整个冬天夜不能寐。"那个死八婆，做个狗屁的门。"

昨天，花婶子慌慌张张地打电话来说："那个女人死了。"

"哪个女人？"

"慧芳。"

林爷整个人就呆了。

花婶子自言自语地说："血直接从那女人的鼻子和耳朵里流了出来，吓得来顺家的连忙把女人拖到了屋外，连她的行李也扔到了屋外。我看不过去，雇了车送她去镇上。送到卫生院的时候，卫生院的不敢收，我又连忙送到了县里的医院，说是颅内出血，已没多大用了。"

想到这儿，林爷拿着斧头，狂砍周边的枝叶。顿时，一阵风刮了起来，树枝摆动，洪水从山路的尽头漫了过来，淹没了沿途的一切，向他冲了过来。他吓得躲在了岩石后头。大风哗啦啦地而过，将他的臆想撕成碎片，扔到了荒山野岭。

林爷抹了一把脸，甩掉脸上的水珠。他加快脚步，花了半个小时，来到了防火林的起点。一个月前，杨叔已经在树上做好了标识，只要上级资金一到，他便招呼人砍树。防火林要是建起来了，即便外头起火了，中间没有连接物，也烧不到往北的那一片原始林子，护林员的工作要轻松一半。林爷沿着标识的记号走了一圈，他摸着树干粗厚的皮，仔细地打量每一棵树木。他曾经跟在木匠师傅的屁股后面，到山里挑有年份的木料，木匠师傅说，成材的木头一定要厚要直。林爷选了一棵高大杉树，对着冰冷的手哈了哈气，然后握紧斧头，用力地从树的底座砍起。杉树太硬，不容易砍倒，他使出全身的劲，举起斧头，落下斧头，如此反复。汗水从他额头上挤了出来，就着雨水和泪水。他似乎听到了林中传来了声音，是道士说的那句话：你命中缺木。他每砍一下，道士就说一句：你命中缺木。如同在阻止他伐木。顿时他手臂酸疼，脑袋嗡嗡作响。

缺你奶奶的木。林爷全力抵抗着那个声音，他举起斧头砍了下去。在他的眼前，巨大的洪水凝固成了冰，他奋力把洪水砍断，砍成一截截，砍成一个个碎片。他看到了，一颗颗竹笋在冰块之下，瞬间被唤醒，开始疯狂拔节生长，不一会儿，整个竹林将他包裹了，一棵棵竹子都开起来白色的小花，随着风在空中飘落。满天的白花散发出一股中药的味道，这种味道他太熟悉了，他兴奋地跑了过去，果然是他的家，他没看到母亲，但是听到母亲喊他的声音，母亲让他去找海边的表叔，让表叔给他在海边找个营生。这时，林爷哈哈大笑了起来。笑声穿过竹林，回荡在山谷；笑完之后，林爷静静地听着，笑声依旧回荡在空中，仿佛有另外一个声音，对着他哈哈大笑。

砰的一声，树倒了，林爷睁开眼，什么声音都没有，世界安静了。他抬起头，天空飘起了雪花，原来是雪花呀。林爷摸了摸脸上融化的雪，擦掉了一脸的水渍，却忍不住流下了泪。他越哭越凶，喘息了起来，随后他拿起斧头，开始熟练地剥树皮。剥完树皮，下一步是刨木。刨子？没有刨子！他环顾四周，好大一片林子，于是抛下斧头，跪在地上，焦急地在枯枝烂叶中翻找刨子。

林爷迷了眼睛，他抬起头，风在林中呼啸，似乎传来了慧芳的声音。他揉了揉眼睛，在一棵杉树下发现了刨子，兴奋地冲了过去。他颤抖的双手捧起了刨子，手越抖越厉害，刨子掉在地上。慧芳吼了一声，他吓了一跳，仔细听去，慧芳在歇斯底里地喊着："是门的问题，没有那扇门，就没有家。打开了那扇门，家就在门后。"林爷打量自己发抖的手，一咬牙，捡起地上的木棍，重重敲打手背，剧烈的疼痛感，让他清醒地知道：要做一扇门，一扇回家的门，既是给那女人做的，也是给自己做的。他重新捡起地上的刨子，只要手一抖，他就拿木棍用力地敲打手背。整个手背已经发紫发红，肿得像馒头那么大，鲜血渗了出来，一点一滴流在了地上。一下，两下，三下……林爷终于拿稳了刨子。

没过多久，木门做好了，按照惯例，他在门的边上刻了一个"木"字。那扇门就是三根剥了皮的树干简单地绑在一起，静静地伫立在森林中央。林爷站在木门前，驻足凝视。树上的猫头鹰叫了一声，林爷回过神，抬脚穿过木门，头也不回地走出森林，走出小镇。

回收村庄

1

　　大别山还没有进入梅雨季节，就一连下了半个月的雨，林子太湿了，草叶都包裹着厚厚一层水膜，泥土被雨水冲刷变得松软。秦叔从皮卡车上跳了下来，在泥地上刻出了一个个深深的脚印。新买的鞋子粘满了泥巴。他甩了甩脚上的泥，抬起头，望着郁郁葱葱的森林，不由得感叹，好大一片林海！随着北风吹拂，林海翻腾着一朵朵"浪花"，飞来飞去的斑鸠像是一只只"小鱼儿"在水面跳跃。秦叔的目光追随着"浪花"，又追随着"小鱼儿"，眼花缭乱，这些事物都让他觉得自在，他深深吸了一口气，缓缓吐了出来。

　　一个月前，秦叔被关押在鄂东南的一所监狱。对于他来说，临近出狱本是一件喜事，他却忧心忡忡，除去监狱规定的活动，他整日睡在床上，什么都不做，就抬起头望着天花板。天花板白色的油漆裂开了一条缝隙。秦叔望着缝隙的形状，歪歪扭扭，像是某种爬行动物。裂缝缓慢地变大。他想知道，这条缝隙裂到最后到底会呈现怎样的图案。秦叔发现缝隙只要大一点，人也变得亢奋一些，他不停地在床上滚来滚去。狱警看不下去了。狱警和秦叔是一个地方的人，他觉得秦叔是一条好汉，本分听话，做事又勤快，特别是能写一手好毛笔字，平时监狱的手抄报、宣传标语，过年时的春联都是秦叔写的。狱警来到秦叔的关押室，陪着秦叔一起看着缝隙。狱警与秦叔用方言聊天。狱警问，你真是个怪人，电视、书本不看，你到底在看什么。秦叔戒备地说，你别管我，我又没破坏纪律。狱警说，我多管你一分，监狱也不会多发我一分钱。秦叔说，那你该干嘛就去干嘛。狱警说，你让我别管你，你也别管我，我就想待在这儿。秦叔没有理他，继续看缝隙。狱警见状，说道，都三月了，到了吃软萩粑的季节，你知道老家东坡井旁边有一家卖粑的摊子吗？狱警见秦叔若有所思，继续说道，那家的软萩粑放的芝麻糖料最足，好吃极了，以前读书的时候，整个三月，我每天早上吃两个软萩粑，晚上还会吃两个。过了四月，我就不会吃软萩粑了，地上软萩草都老了，他们都是从冰箱里拿冰冻的软萩汁，不新鲜。秦叔回过头，扫了一眼狱警。狱警说，等你出狱的时候，家乡正是吃软萩粑的季节，你要给我寄两三个，让我尝尝鲜。秦叔说，我不吃软粑粑，你又不是不知道，我家族有糖尿病的基因，我已经很久没有吃糯米了，更没吃糯米做的粑。狱警怼了一句，你不吃，我吃呀。秦叔没搭理他。狱警见状，又接着问，你出去之后想做什么。秦叔忽然愣住了。他入狱两年，妻子女儿一次都没来看望过他，自己快要出去了，他不晓得自己该不该去看望她们。倘若真见面了，又有多尴尬。他盯着缝隙，心里一直想着这个事，通过微小的缝隙可以看见里头是黑色的，黑色一点点地从缝隙中流了出来，盯的时间长了，眼前竟是漆黑的一片，他木然不知所措。狱警安慰地说，万一你出去找不到合适的工作，我介绍一个人给你认识，他绝对靠谱。

山里的风够清够冷。车上下来了三个人，个子最矮的是工头。他就是狱警说的最靠谱的人。秦叔不觉得工头靠谱，他说话打哆嗦，说不定是个孬包。工头一下车就安排工作，他命令地说，工地在山顶，车上不去，好歹不远，走十几分钟就到了。工头点了一根烟，快速地吸了两口，然后，将烟屁股扔在地上，用脚尖将其踩进泥土里，说道，山上防火，不允许抽烟，都把打火机交给我。大家从口袋、行李包里翻出打火机，交给工头。收完打火机之后，工头从车上提下两只鸡。鸡是刚路过菜市场买的。工头让秦叔提着鸡，催促着大家出发：早点走上去，我们杀鸡，炖鸡汤，给你们接风洗尘。

工头是本地人，熟悉山路，他走在最前面，其他人跟在后面。工头碎碎念叨他女儿要去英国学音乐。见没人理他，他又说，学音乐可费钱了，到目前为止至少在她身上投资了几百万块。见没人理工头，秦叔说，你女儿是什么属相的。工头说，属猴。秦叔说，属猴的不能找属马的，属相不合。工头说，没看出来，你还懂看相。

没走一会儿，工头停了下来。前头是一片枞树林，地上长满了水草，雨一下，到处都是旱蚂蟥，它们趴在树叶上摇头晃脑。工头给大家发了鞋套、塑料袋，教大家先穿上鞋套，再套一层塑料袋，在膝盖下方系紧。工头又拿出一个塑料袋，撕开一包盐，倒入塑料袋，再加入矿泉水，搅拌均匀。大伙在全身上下都撒上了盐水。工头说，旱蚂蟥怕盐水，你们都小心一点，要是被旱蚂蟥咬一口，半年都好不了。

经过水草的时候，旱蚂蟥像是长了眼睛一样，从地上跳到人的身上，扭动着身躯，往塑料袋与裤子的缝隙中钻。秦叔拿着一根小树枝，不停地将蚂蟥从身上撬下去。工头时不时回头，挨个数人，看有没有掉队的。他心里清楚，没有人愿意来大山里工作，招人也难，好不容易招来的人，都干不了一个月就走了。他生怕这三个人，跑了一个，他就亏大发了。工头说，快到了，过了枞树林就没旱蚂蟥了。

他们连跳带跑冲出枞树林，来到了山岗，翻过山岗就到了工地。大家伙都把鞋子、袜子脱了，仔细检查身上是否有蚂蟥，果然，秦叔在鞋带上发现了两只，它们扭动着身子往鞋里钻。秦叔用枝条将蚂蟥弄掉，踩半天没有踩死。工头见状，笑着说，蚂蟥这东西，火烧才烧得死。秦叔用脚堆一堆泥土，把蚂蟥埋了。工头见秦叔还穿着单衣，便说道，三月还没到，山上冷得慌，等到了工地，你把我那件棉外套先拿去穿。秦叔摇头说，我不冷。秦叔拉上了衣服的拉链。他问工头，我们要在这里待多久。秦叔走到山岗上，站在这里刚好可以望见村庄。村庄不大，大概二三十户，还有几栋水泥二层小楼。工头说，这座村庄虽然在大山深处，但楼房做得不差，都是混凝土结构的，他们以前都是卖木材的，有钱，只是亏了他们一点点把建筑材料往山上搬。回收这座村庄，我估计，少则三个月，多则半年。秦叔问，这村庄的人都哪儿去了。工头说，你也看到了，这村庄在大山里，太偏僻了，大部分村民外出务工，挣了钱，在乡镇、在县城买了房，不愿意回来，剩下几户人家，统一搬迁到山下路边，生产生活都方便多了。秦叔问，村庄没人住，不管它就行了，没过几年就荒废了，全都长满了草，还要这样大费周章地回收。工头说，听说是这块地方划进了森林保护区，森林里只要树，其他所有的人建的都要拆掉。工头指了指天空，又接着说，天上有卫星照着，这事又作不了假，只得把村庄回收了。秦叔顺着工头指的方向往上看，乌压压的一片云，他猜测过不了一会儿又要下大雨。

　　秦叔被带到一栋废弃的小楼。一楼是厨房，到处放着锅碗瓢盆，堆着一袋袋蔬菜。秦叔住二楼最里面的一间。工头带了一件黑色的棉衣给秦叔，让秦叔换上。工头说，做饭的厨子回去奔丧了，安排你暂时先代替他做饭吧。秦叔说，让我做饭可以，就是炒菜味道不行。工头说，哪有那么多讲究，多放点鸡精就好了。工头正准备出门，秦叔把工头喊住了，说道，这两只鸡一放下来，就生了两枚蛋，杀了可惜，要不别杀了，以后有蛋吃。工头说，已经答应了你们了，今晚喝鸡汤。秦叔说，可是……工头见秦叔十分心疼鸡，便说，算了，鸡留着吧，给你们一人五十块钱，就算我请你们喝了鸡汤。

秦叔找来了几块木板，四周用铁钉钉在了一起，上头是空的，做成了一个简易的鸡窝，他又找了几块纸板铺在里面。安顿好鸡之后，秦叔开始准备晚餐，他把食材统统都翻了一遍。他没做过大锅饭，也不知道晚上要弄些什么饭菜，他跟工头说，今晚打算搞简单一些，弄一个青菜肉丝熬面。工头答应了，嘱咐秦叔，山上用火有规定，点火之前要拍照，做完饭，熄了火也要拍照，要发到森防办备查。

他熬了一大锅面，下了五斤瘦肉。工人们吃面也要喝酒，他们端着一次性塑料杯排队去接散装酒，一桶十斤装的酒，不一会儿就喝完了。喝完了酒之后，大家一边唱着歌，一边吹牛皮。秦叔把柴火熄灭之后，就上了二楼。他翻着手机，找出了一张照片。他在手机上输入了一个电话号码，那是她女儿的，他正准备拨号，才发现手机没有信号。

秦叔想起小时候送女儿上学的场景。那个时候，女儿还是一点点高，刚好到他的腰部，他正好能舒服地牵着女儿的手。他把女儿送进学校，然后到离校门口不远的报摊溜达。报摊的阿伯是看着秦叔长大的。他小时候，经常赖在报摊上看连环画，就是不买，常常被阿伯驱赶。阿伯给秦叔搬了一张小凳子。秦叔坐下来，问道，现在报纸不好卖吧。阿伯说，现在哪有人看报。秦叔说，那你还卖报，不是要亏死了。阿伯说，亏就亏呗，卖了一辈子的报，哪能说不卖就不卖，我权当个好玩，我儿子是搞外贸的，年薪百万，每个月要给我三千多元钱，够用！秦叔说，闲着不好吗？阿伯说，人不能闲着，闲着死得快。秦叔哈哈大笑着说，原来你卖报是怕死呀。就在这时，几个男生从学校的围墙里翻了出来。秦叔正好瞧见了，几个男生拉扯着另一个瘦小男生的衣服，突然，一个染了黄发的男生扇了那个瘦小的男生两耳光，瘦小的男生瑟瑟发抖，连连后退，却被黄毛拉住了衣领，在其他人的簇拥下，往旁边的巷子里去。黄毛一边拉，一边踢了小男生几脚。小男生看了一眼秦叔，泪眼汪汪的，像是在求助。秦叔回头看了一眼，老伯连忙摆头，叹气地说，每一届都有这样的混球，天不管，地不管，只能是交给社会管了。

秦叔想到了自己读书的时候，好不容易存了几个月的零花钱，兴奋地跑到阿伯摊子上，买了一本崭新的连环画，正美滋滋地往家里走，离摊子不到十米，猛然冲出来一帮孩子，见着他手里拿着连环画，动手抢了起来，他死死地抱住连环画不放手，那些孩子对他又打又骂。他委屈地哭了起来，回过头，可怜巴巴地向阿伯求助。老伯无动于衷，像是没看到一样，随便拣了一份报纸，埋头阅读了起来。一个人势单力薄，抵挡不住他们的殴打，书终究是被抢走了。那个时候，他就觉得阿伯真是太狠心了，自己天天黏在摊子上，和阿伯都混成熟脸了，老伯都不出来帮他一下。他鼻青脸肿地跑去质问阿伯，为啥不帮他。阿伯轻描淡写地说，没看到。那个时候，他恨老伯，于是忍了好长时间，大概是两个学期吧，故意没有在阿伯的摊子上买连环画。秦叔脑子里回想着小男孩可怜巴巴的样子，正想起身，阿伯连忙劝阻，孩子的事你管个逑，越管越复杂，现在的小孩子不知天高地厚，闹得很。秦叔瞪了阿伯一眼，径直向小巷子跑去。他站在巷子口，只见那一群男生对小男孩拳打脚踢，黄毛在一旁抽烟，他吸了一口烟，烟头冒出火星，他赶紧撩开男孩的衣服，将烟头烫在男孩的背上，男生无助地喊疼。秦叔气得发抖，大吼一声，所有人回过头，好奇地看着秦叔。黄毛不服气，挑衅地说，你他妈谁呀，在老子地盘发什么疯。秦叔也不惯着他，一脚将黄毛踢倒在地，反拉着他的手，用膝盖按住肩膀。黄毛激怒了，起来就和秦叔厮打在一起。秦叔高出黄毛一个头，孔武有力，没两下就将黄毛撂在地上，用膝盖按住，黄毛丝毫动不了。秦叔怒视其他人，其他人不敢轻举妄动。秦叔扇了黄毛几个耳光，吼道，谁让你装逼，你爸妈不教训你，我来教训你。服气吗？黄毛翻着大眼睛瞪着秦叔。秦叔又扇了黄毛几个耳光，大声地问，服气吗？黄毛没作声。秦叔心想，这孩子还挺犟的。他怕下手没个轻重，伤了黄毛，就放开了他。黄毛像个猴子一样，一蹿而起，骂了秦叔几句，留下一句，你等着。赶紧跑了。其他人见黄毛跑了，也跟着跑了。秦叔也没打算去追，他回过头，看了一眼小男孩，问了一句，你还好吗。小男孩站了起来，捂着脸，冲了出去。秦叔打抱不平，做了一件好事，心情自然舒畅，他大摇大摆地走到报摊前。阿伯装作没看见，继续看自己的报。秦叔故意站在阿伯旁边，望着老伯看报纸。阿伯说，你到底买不买报纸，不买的话，就走。秦叔理直气壮地说，不买报纸，不走，就这样。阿伯说，你这个人真怪！跟小孩子计较个什么，他们不讲理，要是缠上你，你就头大了。说完，阿伯收起了小板凳。秦叔不服气地说，你管我怪不怪！

　　林子的鸟发春了，回荡着此起彼伏的叫声，大晚上的也叫得欢。秦叔换了新地方，直到半夜还没睡着，躺在床上辗转反侧。他盯着天花板，天花板掉了好几块漆，他没有心情研究掉漆的部位像什么，他莫名地焦虑，导致又想撒尿。秦叔从床上起来，打开一旁的塑料尿桶盖子，尿半天也尿不出来，到了中年，前列腺总有这样那样的问题，他提起裤子，干脆走出了小楼。好大一轮月亮。村庄没有电，明亮的月光将整个村庄照亮，秦叔沐浴着月光，行走其中。他找到一块隐蔽的山包，站在上面，刚好可以看到对面的山，山稳重安详，像是睡着了一样。他听到呼呼的声音，是风声，也是群山安眠的鼻鼾声。秦叔闭上眼睛，感觉到一股股自由的风往他脸上吹。他脱下裤子，深深地呼了一口气，尿液如注，似乎前列腺也自由了。秦叔想着，要不就在外头睡，和着月光，就着风声。他找了一棵比较大的皂角树，沿着树干往上爬。他从未爬过树，没想到这么熟练，他爬到最粗的枝干上，然后趴在枝干上，抱着树杈像是抱着枕头，抱着被子，格外安心。他睡意蒙眬，已经好几个月没有安睡了，他想到那天，狱警送他出监狱，他独自站在监狱门口怅然若失，世界是白晃晃的，绽放着光芒，如同此时的梦乡。

2

大概是 2005 年的时候，街头巷尾都传唱林俊杰的《一千年以后》，也就是那个时候，名为"义乌真品超低价"的展销会来到了小城，他们在城西的一块空地上，搭起了一整排高高低低的棚子，里面卖着各地的特产，有江南的丝绸、景德镇的瓷器、新疆的瓜果和西藏的藏药，在最里面有一个高大的蓝棚子，说是动物园，五元钱一张门票。小城并没有动物园。展销会来的第一天，秦叔兴致勃勃地接女儿放学，说要去逛动物园。他们先逛了逛展销会，买了一堆吃的，然后来到动物园的大棚子门口。女儿说她怕老虎，不想去。秦叔问售票员，真的有老虎吗？售票员说，没有。女儿还是不想去，她说怕狮子。秦叔又去问售票员，售票员说没有。女儿说有狼，她也怕。售票员说，没有狼。秦叔就纳闷，你们动物园什么都没有，那有个什么看头。说着，就要拉着女儿走。售票员说，有猴子拉车。秦叔说，猴子拉车有什么看头，牵起女儿的手正准备离开，女儿却吵着要看猴子。没办法，秦叔不情愿地掏了钱，嘴里嘟囔着，今年是猴年，到处都是猴子，挂历上好几只。他们走进大棚，棚子内部的空间没有想象中的那么大，最中间竖立了一圈铁栏杆，周边摆放了几张凳子，观众就他们两人。两人坐定之后，一声铃响，几只泰迪狗穿着猴子样式的衣服拉着一辆花车冲了出来，它们随着音乐绕着铁栏不停地跑。这哪是猴子，分明是几只狗，这不是骗外国人吗？秦叔更加气愤，站起来就要退票。女儿却看得正欢，一边拍巴掌，一边跟着音乐哼唱。秦叔不懂，这几只狗到底有什么看头，他坐回椅子上，看着女儿欢快的样子，转过脸，看着那群狗，龇牙咧嘴的，丑死了，万一跑出来了怎么办，他赶紧把女儿抱在大腿上坐着。女儿跟着节奏摇着头，头发甩在他的脸上，闻了闻，真香，不是海飞丝洗发露的香味，而是一种天然的香气，可能这就是女儿的味道吧，他之前竟然都没有发现。他望着女儿胖嘟嘟的脸，心里的怨气消了一大半。女儿回过头，喊了一声爸爸。秦叔连忙回应了一声。女儿说，这猴子可以带回家吗？我想天天看。秦叔说，那是狗，我们家都养了两条土狗了。女儿反驳地说，那是猴子。秦叔说，是狗。女儿从秦叔身上跳了起来，嘟着嘴说，猴子，猴子！正在争吵之际，突然，泰迪拉着花车钻回到幕布后面，音乐停了，灯也熄灭了，随着女儿的一声尖叫，周遭陷入了漆黑一片。秦叔向前摸了摸，没有发现女儿，他大喊了一声女儿的名字，还没有回应，他慌了。在黑暗下，双手到处摸，发现空无一物，栏杆、椅子都不见了，连动物园的大棚也不见了，他吓得跑了起来，越跑越远，直到望不见尽头的黑把他吞没了。他吓醒了，趴在树干上猛然直起了身子，原来是做梦。

秦叔晚上睡在树上，林子里风大，他大概是着了凉，不停地打喷嚏。等平复了一会儿，他拍了拍树干，这棵皂荚树真结实，然后从树上跳了下来，只见林子里弥漫着雾气，一棵棵树木被雾气消融，直至不见。秦叔还记得住的地方的方向，准备回去做早饭，可是没走几步，却听到一阵阵奇怪的声音，仔细听一听，像是野兽在嗥叫，他吓了一跳，连忙从地上捡起一根木棍，警惕地打量着四周，四周白茫茫的一片。就在这时，工头走出来了，他睡眼惺忪，走到树旁开始脱下裤子撒尿，居然没有发现一旁的秦叔。秦叔喊了一声工头。工头这才回过神，只见秦叔拿着棍子站在一旁，工头吓了一跳，差点就尿在手上了。工头连忙用裤脚擦着手，瞪了秦叔一眼，你大早上的没事干，装什么神弄什么鬼。秦叔小声地提醒工头说，有野兽！工头说，哪来的野兽，几十年前，大兴林木经济的时候，野兽都被猎人队杀断了根，何况我们这在森林的边界上，村庄还有这么多房子没有拆。别说野兽，神兽都不敢来。秦叔嘘了一声，说道，你听，有猛兽的叫声。工头竖起耳朵听了听，笑着说，那是肖大爷，他原本是住在这儿的村民，天天早上都来，他神神道道的，是个怪人，你别去惹他。秦叔望着路口，将信将疑，等工头走了，他拿着棍子顺着小路往前走。没走一会儿，果然，在路的尽头，有一位白发老人，神情异样。秦叔没有直接过去打招呼，他躲在一旁观察，只见老人猛然趴在地上，手脚并用，沿着路边的一棵栎树转着圈，嘴里发出奇怪的叫声，声音一阵一阵的，铿锵有力，像是一匹野兽在嗥叫。老人发现了秦叔，如同找到了猎物，飞速地向秦叔扑来。秦叔被老人锋利的眼神吓了一跳，他赶紧抱头蹲下。老人在秦叔跟前刹住了，从地上站了起来。秦叔尴尬地打了一声招呼。老人笑眯眯地从口袋里掏出几片晒干的烟叶，递给了秦叔。秦叔纳闷地接过叶子。老人又从另外的口袋里拿出了一把，他将叶子理了理，折成了三角形，塞进嘴里，咀嚼了起来。老人见秦叔支棱着，便解释说，山里不许带火，这是干烟，寻一个连续晴日，把新鲜的烟叶抹了蜜，晒干，翻个面再抹蜜，再晒干……前后要抹十来次，麻烦得要死，你尝一下，有味！秦叔撕了一半烟叶，也折成了一个三角形，放在嘴里咀嚼。烟叶是干，咀嚼了半天又涩又苦，等唾液将整片烟叶全都淹没了，烟叶里面的香味就会渗透出来，伴随着蜂蜜的甘甜，苦味消失了，涩味变淡了，几种味道合在一起，慢慢地糅合成了一股特殊的味道。秦叔说，第一次吃，真上头！秦叔把手上剩下的烟叶子一股脑儿全塞进嘴里，大口吃了起来。老人摇头说，这干烟要撕块，一小块，一小块地吃，不能急忙急凑，那就变成了吃草的牛了。果然，秦叔被呛到了，他吐出嘴里的烟叶，大喊，好苦呀。老人笑了笑，又递给了他几片干烟。两人聊了一会儿。老人是隔壁县的人，经媒人介绍，十四五岁就倒插门进了这个村庄，死了妻子之后，就搬下山了。下山居住本来图个人老了生活方便，现在方便是归方便，通了电，通了自来水，但是山下住着总不痛快，儿女都在外，自己一个人凑合着过。村庄的那些老头老太太都去打麻将、打扑克牌去了，他不会打，连个诉心肠的人都没有。他想着，反正没事做，就完成自己的一个心愿吧，完成了更好，没完成，死了也能瞑目，权当打发时间。秦叔疑惑地问，是什么心愿。老人说，他想看一看游神兽。老人小时候，十里八乡都唱野山腔，农闲的时候唱，农忙的时候也唱，村庄里他岳父是唱野山腔唱得最好的，不仅周边村庄，隔壁县的办喜事，都会专程邀请岳父去唱几首。唱完之后，岳父还会收到烟酒糖。那个时候，别人家的肉都吃不上，他们家的糖却吃不完。旁人说岳父有独门秘籍。岳父自己也承认，他会游神腔，从祠堂的古抄本上学来的，据说，游神腔是野山腔中最难的，学习一种叫游神的野兽的嗥叫，游神是楚国上古野兽，它一叫能震动天地，万兽归服。岳父在空闲的时候，也会教他野山腔。他学得很快，一两年就将所有腔调都学会了，唯独这个游神腔，他学了多年，一直没学会。后来岳父去了西藏拜佛去了，一去就再也没有回来。秦叔心想，这个游神兽到底是个怎样的野物。见秦叔皱着眉头，老人捡起一根树枝，在地上画了起来。他在岳父随身携带的谱上见过。秦叔仔细看着老人画的，是一只怒目獠牙的猛兽，像狼不像狼，像虎不像虎。老人说，岳父告诉他，自己亲耳听过游神兽的嗥叫，所以才学得真切。岳父曾在山里碰见过一次游神兽，就在这座山上。猛兽下山寻食，可能是饿了很久，急不可耐，从山上奔了下来，正巧碰到岳父，差点就吃了岳父。岳父故作镇定，想到了游神腔，就学着猛兽的样子，隔空吼叫，竟然把那猛兽震住了。一人一兽你来我往地吼叫，最终岳父胜了，他把猛兽赶走了。秦叔回过头，扫了一眼周遭的环境，由于处于村庄的旁边，树木稀疏。秦叔说，这山上怕是没有猛兽了。老人说，谁知道呢，万一有呢。秦叔点了点头，也是，山都是有灵气的。老人听闻，哈哈大笑了起来。这时，工头喊秦叔快去做饭，秦叔应了一声，转过头，对老人说，要不来吃个早饭，我给你多盛点饭菜。老人说，不吃，不饿，还没到吃饭的点，我一天只吃两餐。老人说完就走了，看样子是下山了。

工头凑了过来。秦叔不想提及肖大爷的事，便问，早上吃什么。工头怼他说，你是厨子，还要问我吃什么？秦叔说，我也没有做过早饭，你们一般早上都吃什么。工头说，算了，你熬点粥，搞个腌菜炒肉，粥要熬稠点，他们做的是体力活，不吃得实在不耐饿。吃完早饭，太阳已经挂在树头，林子里的水分被蒸发了，升起一团团雾气。秦叔收拾碗筷，准备去洗涮。工头让他把锅碗先放一边，趁着今天天气好，去帮忙拆房子。秦叔问，中午不做饭吗？工头说，不用做饭，就你做饭的那个速度，早上吃粥都晚了半个小时，何况我们要赶工期，过几天树苗子都要运进来，中午停不得，就吃面包喝豆浆。秦叔坚持刷完了锅碗，怕耽误了晚上做饭。干完以后，他脱掉了灶衣，就往工地那边走，村庄已经拆了四分之一，今天打算再拆两栋房子。这个项目拆房子倒好说，挖掘机喂点柴油，两三个小时就拆完了一栋。重点是处理砖瓦、钢筋。工头说，工程完成之后，他交付的是一片森林，任何人为的痕迹都不能有。所以他们把拆卸下来的砖和钢筋，用背篓一筐筐装好，背到山下的路边，再转拖车，把这些建筑垃圾都拉走。秦叔看着这一栋栋房子，每一块砖，每一片瓦，都是从山下背上来的，现在竟又要背下山去。

工地上一片忙碌，秦叔学着其他人的样子，往背篓里装砖，装了满满一箩筐。工头从秦叔身边走过，从箩筐里捡起几块砖，他说，你第一次要少背点，你还不知道这趟有多累。秦叔没说话，大家都沉默不语。秦叔这才发现，除了工头，他很少听到别人说话，即便说话，也是最简单的字眼，所有人像是森林里一棵棵杉树，沉默，再沉默。秦叔想到了他们的身份可能跟自己一样，总有难言之隐，才会到这大山里来。他们虽然不爱说话，手头上的工作却毫不怠慢，熟练地把砖装进背篓里。不一会儿，随着工头一声号令，大家背起背篓齐刷刷地站成一队，一人接着一人，沿着山路，向山下走去。秦叔找不到自己的位子，随便插了一个队，淹没在长长的队伍之中。

　　太阳爬到树顶，透过密密麻麻的树枝，照在身上，身上渐渐暖和了一点，虽然是下山的路，依旧崎岖难行，还没走一半，秦叔就累得气喘，秋衣已经汗湿了，汗珠不断地从头上滴了下来。秦叔的身体素质还可以，不至于背不了这么一筐砖。工头走到他身边，递给秦叔一瓶矿泉水，工头说，知道你第一次没经验，肯定没带水。秦叔扭开盖子，一口喝了半瓶水。工头说，这森林你不觉得，海拔有点高，氧气比山下含量低，人容易累，你慢慢走，多往返几趟，习惯就好了。秦叔点了点头，他感受到工头在照顾他，弄得他都不好意思了。工头说，就怕你们嫌弃这地偏，嫌弃这活累，都跑了，我的项目就干不完了。秦叔从口袋里拿出仅剩的几片干烟，撕下拇指大小的，塞进嘴里，吃了起来。工头看到了，猜测肯定是肖大爷给的。他问秦叔，干烟吃得习惯吗？秦叔看了他一眼，抽出两片给了工头。工头将干烟折叠成三角形，塞进了嘴里。工头说，现在没人做干烟，干烟制作麻烦，像我们不吃烟，都改吃槟榔了，也只有那几个老头还坚持制烟。工头将烟叶咀嚼得吧唧响，说道，还是干烟够味。秦叔默不作声，低头往前走。工头拉着他说，我警告你，肖老头以前出过车祸，就是那次车祸才导致了她老伴离世，他受了刺激，疯疯癫癫的，你别惹他，小心他揍你。秦叔说，他还打人？工头说，不打人，咬人，上次他把一个工友的手臂咬破了，咬出了血，一整排牙印，差点咬掉了一坨肉，后来那位工友不干了，跑了。秦叔问，可是他为什么咬人？工头说，他说自己是猛兽，要捕捉猎物，不知道他胡说什么，反正少跟他来往。秦叔又问，他会唱山调？工头说，那是多少年前的事了，那时我还只有十一二岁，听肖大爷唱过野山腔，后来流行港澳台粤语歌，谁还去听山调，不过听老辈人评价，肖大爷确实唱得不错，他们一家都是唱山调的，可是这又怎么样，反正连我都不爱听，怕是没人爱听吧。工头拍了拍秦叔的肩膀，让他加油接着干，就向队伍的前方走去。

秦叔跟着队伍穿梭在丛林之中，他低头行进，看着路过的石头、青苔，还有刚冒出嫩叶的野菜、野草。他想起，有一段时间，他走路就是脚打战，站不稳。那个时候，他在巷弄救了一名小男孩。小男孩的母亲刚好在报社工作。他母亲千方百计地找到秦叔，为他做了一期新闻报道，刊登在报纸上；他母亲还给秦叔送去了锦旗。秦叔拿到了报纸，标题上他被称为平民英雄。自己是英雄？他从来没有过这种感觉，感觉一股股能量积蓄在血管里，慢慢地爆发，他像打了鸡血一样，精气神也足了。他故意到阿伯的报摊，找他买报纸，然后把报道自己的那页拍到阿伯的桌前。阿伯懒得理他。秦叔说，你看看，你不教育那些小孩，他们就无法无天，不要当旁观者，要当参与者。阿伯不服气地说，你知道那个小男孩转学了吗？去了郊区的一所小学！秦叔说，转学就转学。阿伯坚持说，大人就是不该管小孩的事，不要逞英雄，越管越麻烦，麻烦事还在后面。秦叔听了这话就反感，他见阿伯无可救药，气愤地拿起一份报纸，当他的面撕了，然后扔了两元钱给他，头也不回地走了。

3

又下了一天的雨，雨有豆粒大，大家伙都干不了活，聚在一起打扑克牌，屋里只听到扔扑克牌的声音，通过扔扑克牌的声音判断输赢。他们都不说话，即便打牌赢了，脸上都没有丝毫的表情。工头背着手从外头走了进来，身上被雨淋湿了，他望着灰蒙蒙的天空，唉声叹气，自顾自地说，这下雨又耽误了一天的工期。他让秦叔弄几个好菜，给大家伙下酒，他自己也想喝一点。工头专程嘱咐秦叔，炒菜多放辣椒，祛一祛湿气。秦叔问了一句，今天几时开饭。工头看着秦叔对炒菜一脸不自信的样子，便说道，你慢慢炒，反正今天没活，什么时候炒好了，什么时候开饭。得了这话，秦叔才慢条斯理地开始剥蒜葱，拍姜，切辣椒，平时这些配料都是在水盆里晃一下，切都不切，就直接往锅里扔。

这时两只鸡跑到秦叔脚下，啄着地上的烂菜叶。两只鸡已经跟秦叔熟络了。秦叔俯下身子，摸了摸鸡翅膀。鸡温顺地蹭着秦叔的手。秦叔见四下无人，偷偷地抓了一把小米，故意撒在地上。两只鸡麻利地啄了起来。这两只鸡被秦叔养得圆滚滚的，每天都下蛋。工头见了，每次都说，这两只鸡炖汤，油厚，肯定很鲜美。秦叔见状，每日把鸡蛋都单独蒸给工头吃，反正鸡也是工头的，他吃鸡蛋又不亏了谁。蒸鸡蛋配饭，工头吃得欢，他让秦叔也吃两天蒸鸡蛋，上山下山地跑，确实累着了。秦叔说对鸡蛋过敏。

这几天，天气忽冷忽热，鸡不下蛋了。秦叔有些着急，他怕工头馋鸡汤，把鸡杀了炖汤喝。他思索着下次去山下偷偷买些鸡蛋回来凑数。转念一想，那得买多少鸡蛋，一背回来，就会被发现。想来想去，他放下姜蒜，找到了工头。工头没去打牌，独自坐在台阶上，为工期的事烦着，一颗接着一颗吃着槟榔。秦叔说，想把两只鸡买下来。工头莫名其妙地盯着秦叔，问他为何要买鸡。秦叔说，那两只鸡养出了感情。工头说，你帮忙养鸡，辛苦了，两只鸡就给你一只吧。秦叔不干，两只鸡他都要，他怕工头杀了一只鸡，另一只鸡没有做伴的，在这大山上，那也太孤独了。工头叹了一口气说，算了，两只鸡都给你吧，你把饭菜做好，别来烦我。秦叔说，那我跟你说好，鸡的钱你从我工资扣，鸡要是生蛋了，我还蒸鸡蛋给你吃。工头望着秦叔一本正经的样子，被逗笑了，他说道，鸡你买走了，我吃你的鸡蛋，你怕也要收钱。秦叔开玩笑地说，不贵，一元钱一个。工头说，那到底还是我吃亏。秦叔说，你不亏，你补了身子，还可以再生儿子。工头瞪了秦叔一眼说，别瞎说，快去做菜。秦叔站着不走，他还有一件事。工头不耐烦地说，有屁快放。秦叔说，那鸡吃的粮该怎么算。工头想了想，这也是个问题，你说怎么办。秦叔说，要不拿鸡蛋抵粮吧。工头点头答应了，严厉地说，再没事烦我了吧，让我静一静，再烦我，信不信我立马把两只鸡宰了。秦叔赶紧溜了。

中午到了一点才开饭。秦叔炒了五个菜，炒肉，炒干笋跟肉，炒木耳跟肉，炒莴苣跟肉，炒辣椒。秦叔炒的辣椒真够味，辣得大家伙满脸通红，吐着舌头，找水喝。水一下子喝光了，没有水的，只得喝酒。大家伙又怕辣，又爱吃。工头坐在秦叔旁边，吃一口辣椒，喝一口酒；秦叔没有喝酒，闷头吃辣椒。工头问，你酒量多大？秦叔说，喝不了，没有你大。工头说，我至少能喝二斤，我的酒量全都是肖大爷带出来的。工头说，那年，不知怎么的，我被村小学搞到镇里参加歌唱比赛，他们给我穿了一件白衬衣，脸上化着红通通的妆，就把我推上台了。我站在台上唱了一首《我为祖国献石油》，居然得了一等奖。他们说我嗓音好，形象好，准备把我送到县里参赛。整个村子都知道我得奖了，把我当成了点歌机，村头屋后见到我，就扯着不放，非要我唱一首歌才让我走。搞得我都不爱出门。一出门，喉咙唱哑了，还不见得能回到家。有一次，肖大爷专程来到我家，让我唱一首歌给他听。他听了，点点头，然后对着父亲说，让我跟他学野山腔。我父亲不干，说唱野山腔不是正经事，要我去学做木匠，这事就作罢了。后来，别人家婚丧嫁娶，我去凑热闹，碰到肖大爷在别人家唱野山腔，他就非要让我给他敲碟子伴奏，说我敲打的节奏很准。当年，乡里流行开嗓子，主唱要喝三碗酒，敲碟子要喝一碗酒，尽了兴，才唱得好。我才十几岁，一碗酒端到我跟前，因为从来没喝过酒，我都不知如何是好。肖师傅一口一碗，连干三碗，脸变得乌红，一副怒发冲冠的模样，这就进入了状态。他对着我吼了一声，干。我吓得连忙把一碗就喝了。喝完以后，居然没醉，还觉得挺好的。从那次起，我把喝酒学会了。再后来，我就没有读书了，跟着村里人去温州打工。工头站了起来，他找来了一个碟子敲打节奏，笑嘻嘻地说，我已经喝了三碗酒了，给你表演一个《爱拼才会赢》。

工头一连唱了几曲，秦叔耐心地听着。桌上的菜都吃没了，其他的人吃了饭菜，喝了酒，继续去打扑克，睡大觉。饭桌上只有秦叔和工头。工头唱完，喝了一大口酒，将手搭在秦叔的肩膀上，工头说，看得出来，你酒量不差，你不喝，是嫌弃我这散装酒。秦叔摇头。工头起身拿了一个一次性的纸杯，放在秦叔的跟前，给秦叔倒了一杯酒，说你要是一口喝了这杯酒，就是给我面子，真兄弟。秦叔看着纸杯里白酒荡起了涟漪，这一杯才二两酒，对于他来说，真不值个什么，他咽了咽口水，提起杯子，正想一口干了，忽地眼前模糊，泪水在眼眶里打转。他觉得天在旋，地在转。那次也是这样的，等他睁开眼睛的时候，天地也是在旋转，还带有一点疼痛，这是醉酒的后遗症，他每次喝醉了，都会这样。他等意识清晰了，才发现自己躺在小酒馆的地板上，地上到处都是酒瓶。昨天晚上喝了多少，又是白的又是啤的，混着喝才醉人。他在地上坐了一会儿，等适应了环境，才从地上爬起来，桌子上是昨晚的残羹冷炙，发出馊味，他闻着就想吐。他这才想起，昨天和几个兄弟喝大了，那帮兄弟真不够意思竟然把他独自留在饭馆，最可恶的是老板，关了门就走了，还把他锁在了饭店。他现在也出不去。秦叔从口袋里翻出了手机，手机已经没电了，他看到吧台上有一根充电器，就把手机充了一会儿电，然后找来了一瓶矿泉水，一口喝干净了。等手机开机之后，显示有五十多个未接来电，一半是女儿的，一半是妻子的。他吓了一跳，赶紧给女儿回拨电话，那头却显示关机的忙音，他又给妻子打了一个电话，对方同样是关机。以前他喝酒，妻子只是骂几句，也不会怎么样的，这么多未接来电，他预感到发生了什么不好的事，于是，他赶紧打电话喊饭店老板来开门。等了二三十分钟，饭店老板骑着摩托车来了，一脸赔笑地打开了门，还没说上一句话，秦叔抢过了老板手上的钥匙，跨上摩托车，直接开往家的方向。等他到家门口，敲了敲门，里头无人应，他就不停地疯狂敲门，喊着妻子和女儿的名字。邻居闻声出来了，见是秦叔，连忙说，天王老爷，你可算是回来了，你家出了天大的事！秦叔焦急地问，到底发生了什么事。邻居说，昨天本来好好的，突然来了两个警察，他们说你女儿被同校的几个学生打了，打得皮开肉绽，血流了一地，孩子他妈当场哭得死去活来……秦叔听了这话，如同晴天霹雳，半天没反应过来，耳朵里发出阵阵鸣响，仿佛听到了女儿在亲切地喊，爸爸，爸爸，那是在大帐篷里的动物园，女儿指着拉车的狗，对着他喊的，她的脸上洋溢着阳光般的笑容，她那么单纯，那么可爱。秦叔半天说不出来话，只听到邻居喋喋不休描绘着昨晚的情形。秦叔平复了半天心情，大声吼叫着：我女儿在哪儿？邻居连忙说，警察直接把她送到了医院，孩子她妈是跟着警察一起去的，我听警察说，是中心医院。昨天去的，现在都还没回来。还没等邻居说完，秦叔就冲了出去。秦叔在医院急诊科，问到了女儿病房，旁边几个护士议论纷纷，愤愤不平地说，那些男孩太坏了，把一个小姑娘打成这样。秦叔越走越沉重，脚一点点地往前挪动。到了女儿的病房门口，他迟迟不敢推门。许久，他轻轻地推开了病房的门，女儿躺在病床里睡着，旁边坐着妻子，一脸憔悴，目不转睛地盯着女儿。妻子抬头看了他一眼，什么都没说，又撇过了头。病房陷入一片安静。那一个动作，妻子像是什么都说了，他懂了，心都疼了。他的脚仿佛被铁链紧紧地锁着，怎么使劲都挣脱不了，无法踏入病房。他关上了病房的门，转过身，紧紧地靠在门口的墙壁上，整个脸扭成了一团，强忍着泪水。这时警察来了，他一把拉住警察，细声地问，是谁干的。警察认出了他，叹了一口气，拍了拍他肩膀说，就是你上次打抱不平遇到的那几个学生，主犯是染了黄头发的，他们都在派出所，家长也都来了，等着你们去处理。秦叔回想到了那几个男孩的面孔，特别是黄毛，龇牙咧嘴的，像个猴子，丑陋的猴子，他怒火中烧。警察问，你昨天干什么去了，出事之前，你女儿给你打了好几个电话，向你求救。秦叔掏出手机，重重地摔在地上，然后蹲在地上，抱头痛哭。

外头的雨，越下越大，风也刮了起来。工头问了一句，你没事吧。秦叔揉了揉眼睛，把泪水都塞了回去。他放下酒杯，对工头说，自己已经戒酒好多年了，不想再碰酒了。工头没有强求，将秦叔跟前的酒杯端了回来，一口干了，说道，酒真不是个好东西。

第二天，天还是蒙蒙亮，秦叔就起来了，昨晚一夜狂风暴雨，秦叔睡得不安生。他穿上衣服爬了起来，站在窗口，外头还在下毛毛雨。秦叔望着天，天空太稠了，像粥一样，这雨怕是停不下来了。秦叔听到外头有嗥叫声，肖大爷又来了，他无论刮风下雨，每日清晨都会上山练习野山腔。秦叔从屋子里找出了一件雨衣穿上，然后出门，向森林走去。肖大爷戴了一顶斗笠，双手撑在地上，学着猛兽的爬行，发出一声声嘶叫。他搞了几圈，搞累了，坐在一棵大树下休息。秦叔见状，这才跑了过去，打了一声招呼，然后讨要干烟。肖大爷问他，之前有没有抽过烟。秦叔说，抽也抽，但是假抽，把烟吸进去，又吐出来，不过肺。肖大爷说，那你浪费烟。秦叔说，不就是过个嘴瘾，有什么浪费的。肖大爷从裤腰带上解下一个黑色布袋子，从中掏出一把干烟。递给秦叔。秦叔接过干叶，立马抽出一片叶子，折成三角形，然后塞进嘴里咀嚼，他学着肖大爷的样子，说了一句，够味！肖大爷笑了笑，你怕是上瘾了。秦叔猛然觉得自己怕是上瘾了。这几天，只要没咀嚼干烟叶子，就会觉得浑身不痛快。秦叔仔细打量干烟叶，不就是一片棕色、枯萎的叶子，能有这么大的威力。秦叔举着干烟叶，问肖大爷，这东西没有毒吧。肖大爷哈哈大笑，说道，有毒，有剧毒。秦叔看了一眼肖大爷，又往嘴里放了一片。肖大爷说，即便有毒也是慢性的毒，我都吃了一辈子，现在八十岁了，也没死。

肖大爷吃了干烟叶，像是打了鸡血，又嗷嗷叫了起来。秦叔学着肖大爷，也跟着叫了起来。肖大爷惊讶地看着秦叔，他欢喜地站了起来说，再来一嗓子。秦叔不明所以，他又喊了一嗓子，声音比之前那次更洪亮，更有穿透力。肖大爷问，你之前练习过唱歌？秦叔说，没有。肖大爷说，那就是有天赋！秦叔扑哧笑了笑说，你不会觉得我有唱歌的天赋吧。肖大爷说，你的声音跟我的一样，适合唱野山腔。秦叔连忙摆手推辞说，我不行！肖大爷说，你再跟我唱两句，试一试。秦叔赶紧起身拍了拍屁股，打算溜了。肖大爷说，你不想再吃干烟叶了吗？秦叔迟疑地站着。肖大爷说，你听我唱两句，我就每天给你带干烟叶。秦叔心想，不就是唱两句，还能混吃的，划得来。他就跟着肖大爷唱了两句。肖大爷听了，满意地点了点头，肖大爷想起了岳父第一次听自己唱野山腔，听完之后，说了一句话：老天爷赏的一碗饭。他同样说给了秦叔听。秦叔笑了，他说，我都一把年纪了，做不了多久就要退休，这碗饭这辈子怕吃不了。

　　肖大爷没理他，继续说，你知道当初我为什么同意搬下山去吗。秦叔说，不是为了生活方便。肖大爷说，都在这村里生活了大半辈子，不管方便不方便，都习惯了，何况我们山民吃的喝的靠的都是天，田地都在附近，又有什么不方便的。秦叔说，那我就不知道了。肖大爷说，我们搬走之后，这整个村庄都会消失，然后取而代之的是一片森林，有了森林，野兽自然会回来，说不定就有机会遇到游神兽。一想到能遇到游神兽，我是第一个答应搬迁的。秦叔哦了一声，说道，原来如此。肖大爷说，所以我天天练习，盼着早一天，村庄变成了森林，我在死之前遇到游神兽，我们一人一兽来个巅峰对决，大不了，我被它叼走吃了，那也是心满意足！秦叔见时候不早了，真要走了，去给大家伙做早饭。肖大爷不干，非要秦叔再跟他学唱两句。肖大爷说，我要把野山腔的毕生绝学教给你，让你把野山腔传承下去。秦叔为难地连说了几个别，别，别。他觉得肖大爷越说越荒唐，骤然想起工头的话，要离肖大爷远一点，于是趁着肖大爷不留神，转身就跑了。等秦叔气喘吁吁跑回屋子，正好撞见工头。工头又在愁雨天开不了工。见秦叔冲回来了，问他怎么了。秦叔没说什么，径直去准备早饭。秦叔回过头，望着通向森林深处的小路，还好肖大爷没有追来。秦叔对工头说，肖大爷夸我嗓子好，让我继承野山腔。工头说，他是不是说你很有天赋。秦叔说，你怎么知道。工头说，不晓得你有没有天赋，反正肖大爷跟工地上很多人都说过这个话。秦叔摸了摸口袋里的干烟叶，心想，还是这个实在。

4

村里的房屋都拆完了，大家伙在废墟的旁边搭起了帐篷，吃喝拉撒都在不同的帐篷。秦叔由于要做饭，分到的帐篷最大，他的帐篷里除了堆满各种食材，还摆放了一张行军床，平时鸡就在行军床上睡，他睡在旁边的皂角树上。秦叔除了下雨，几乎都在树上睡。他的鸡养熟络了。秦叔不管到哪里做什么，两只鸡都跟在他身后，像是宠物一样。每天早上，鸡总是最先醒，它们围着秦叔睡觉的树咯咯地叫。秦叔要没有反应，鸡会跳到树枝上，走到秦叔的跟前，秦叔打鼾的话，鸡就会轻轻啄他的脸，秦叔被弄醒了。他一看时间，才凌晨五点。他从树上跳了下来，因为每天起得早，他睡在树上这件事别人都不知道。他一醒来，就去帐篷里扭开了一瓶矿泉水，咕咚咕咚地喝了起来，喝了大半瓶，剩下的倒在脸上，再用毛巾一擦，算是洗了个脸，他就出门了。在老地方，肖大爷一早就候着了。秦叔心想，肖大爷晚上怕是不睡觉，无论秦叔来得早晚，他铁定在那儿坐着。肖大爷从口袋里掏出干烟叶，递给秦叔，秦叔接过干烟叶，放在嘴里咀嚼。两人都没有说话。秦叔从口袋里拿了一个陶瓷碟和一根长长细细的木筷。工头曾经给秦叔解释过，一方面，唱野山腔，没有丝竹管弦伴奏，只用一碟一筷敲打节奏，跟着节奏唱；另一方面，野山腔主要靠高亢嘹亮的吊嗓，能盖过碟筷的敲击声，所以唱野山腔有个不成文的规矩，碟筷的伴奏只许自己能听到，要是观众听到碟筷声，就是唱得不好。秦叔接过陶瓷碟，借着微微晨光，仔细观察上面的图案，只见云际之间，群山延绵起伏，在其中的一座山峰侧面，有一条溪水从半山腰流出，一直流到山脚，与大河汇合。碟的底部写着：大清康熙年制。肖大爷说，这碟是岳父给他的。清末，两广总督来乡野赈灾，听闻山野有山腔，生出些许好奇，就招人来唱。岳父的祖辈于是给两广总督大人唱了两曲，大人觉得唱得不错，随手赏了他桌子上的两个碟子。秦叔摸了摸碟子上的釉彩，细腻光滑，说道，这还是个古董，于是把碟子还了回去。肖大爷说，不打紧，没那么金贵。肖大爷把碟子和筷子都塞给秦叔，笑着说，你试一试。秦叔说，我不试，等会儿敲破了你这古董，把我卖了都赔不起。肖大爷说，有什么赔不起的，再说什么古董不古董，它就是个乐器，你就当玩意儿。秦叔听了这话，用筷子试着敲了敲，碟子发出清脆的响声，果然和一般吃饭的陶碗不一样。肖大爷告诉他，敲打碟子没有技巧，就是发出个声响，左边两下，右边两下，一直敲下去，别搞乱了顺序就行。秦叔一边敲打碟子，一边在心里默默念着左边两下，右边两下，一遍遍数着，心里竟然平静下来，万物从他视线中消退，他眼里只有那个碟子，然后就是机械地敲打。正在他全身心投入的时候，女儿的脸突然出现在他眼前，他吓了一跳。女儿哭诉着，好疼！好疼！！秦叔的手也跟着抖了起来。女儿的声音逐渐嘶哑，大喊一声，我恨你！秦叔正想起身解释，女儿却消失不见了。秦叔慌张地站了起来，将碟筷塞到肖老头的手上，任凭肖老头喊他，他像是没听见一样，心事重重地走了。

秦叔钻进帐篷，洗菜、切菜、炒菜，做了个腌菜炒肉，熬了一锅粥。秦叔忙累了，没有胃口吃早饭，等工人们都吃完了，他刷洗完锅碗，就坐在行军床上，望着门口发呆，两只鸡围绕在他身边。鸡似乎知道秦叔心情不好，安静地陪着他。这时，工头进来了，他说今早的腌菜炒肉盐放多了，咸死了。秦叔应了一句。工头见秦叔情绪不对，就坐在秦叔的旁边，手扶着他的肩膀问道，你怎么了。秦叔摇头说，没什么。工头以为秦叔太闷了，便说道，做我们这个事，每年招那么多人，留下来的很少很少，你说奇不奇怪，那些能说会道的都走了，寡言少语的都留下来了，我发现，跟森林有一定默契的人，才能适应这里的环境。秦叔没有说话。工头问，你想家了吗？秦叔还是没有说话。工头觉得自己猜对了，他摸了摸旁边的鸡，说道，在这荒山野岭的自然想家，我也想我女儿，我让她用手机录制一段弹钢琴的视频传给我，我在想她的时候可以打开视频看一看，她说自己忙着考试，等考完试再弄，她都毕业了，还没有给我拍一段视频，这个死丫头。秦叔抬起头，他说，我女儿下个月月初过生！工头说，满多少岁。他说，属猴的，满十八岁了。工头说，那成年了，得办个生日宴。秦叔说，不知道她妈跟她办个什么样的生日宴。工头说，到时候，我放你几天假，带薪的，你专门回去陪女儿。秦叔说，我还没决定到底回不回去。工头说，你女儿的事，你肯定要回去。秦叔说，可是，我怕她还恨我。工头说，那不是你的错，她会明白的，你这事迟早会解决的，毕竟是亲情，割不断的。秦叔问，我真没做错吗？报摊的阿伯说得也有道理，我是不是太冲动了。工头打断了他，你是对的，你的事谁不知道，都上了报纸，标题上写着"英雄"两个大字。工头从包里拿出了卫星电话，山里信号不好，手机都连不上网。工头把卫星电话递给秦叔说，你还是打个电话回家吧。秦叔接过卫星电话，他从口袋里掏出一张纸条，上面写的女儿的电话号码，虽然他早已经将电话号码倒背如流，他还是对着纸条，一个数字一个数字按了起来，生怕按错了一个，等他按到最后一个号码时，忽然像泄气的气球，一下没了底气，将所有的号码都删了，把卫星电话还给了工头。工头无奈地说，你这孬种，打个电话都不敢。工头提起包准备走，转身对秦叔说，今天工地来了一批树苗，你等会儿去帮他们种树，免得在这里胡思乱想！

秦叔换了一双雨靴，从帐篷里走了出去。房屋都被拆除了，留下一大片空地。工人们依次在空地上挖栽树的坑。前些时候，林业专家过来制定了生态环境恢复方案，哪些地方种乔木、种灌木都标注好了。秦叔领了一捆杉树的苗子，他选了一块靠近森林边缘的地方。经过雨水的浸泡，泥土都是松软的，他一锄头下去，就轻易挖出一大片泥土。他挖的这块地方以前是一个猪圈，他闻到了一股猪粪的气味，他找了一圈，旁边堆了一堆猪粪，被风干了，像是石头一样，他拿锄头敲了敲，猪粪都是硬的，但是味道很难散去。秦叔又锄了两下子猪粪，这些猪粪埋在土里刚好可以做肥料。秦叔又折回去挖坑，他挖了一个接着一个，这些坑都会孕育一抹抹绿色的生命。对于他来说，生命的颜色已经在某一天转变成了灰色，彷徨，无助，迷茫，这都是年轻时才碰到的事，他都一把年纪，怎么可能那么热血，但是事情总归是要解决的。女儿住院的那些天，他一直坐在医院的楼下，不敢走进病房。吃饭都是亲戚送进去，大家免不了埋怨他几句，说他为什么要逞强呢，又不是小孩子，非要当什么英雄，当英雄工资又不涨一元钱。秦叔无力反驳，低下的头，都快钻到裤裆里去了。终于等到女儿出院那天，秦叔请亲戚开车来接她们母女，自己却站在医院门口，远远地望着女儿。女儿娇嫩的脸庞苍白无色，竟生出了些许与年龄不符的哀愁。他心疼地喊了一声女儿的名字。女儿回过头看到了他。他跟女儿对视了一眼，他默默地低下头，女儿却喊了一声爸爸。秦叔没反应过来，待在原地没动，女儿又喊了一声爸爸，声音更重了。秦叔这才望向女儿，女儿向他伸出了手。他立即跑过去拉住女儿的手，女儿扑倒在他的怀里，哭了起来，女儿委屈地说，你怎么一直不在，之前也不在，住院了也不在，你到底去哪儿了。秦叔眼泪也掉下来了，他抱着女儿说，我哪儿都没有去，我就在医院楼下坐着，我要守着你。秦叔望了一眼旁边的妻子，妻子瞪着眼睛，像是看着仇人一样，盯着秦叔。秦叔吓了一跳，他将女儿扶起来，送进车里。

经过了这次，女儿萎靡不振，一直害怕上学。医生说女儿心理有点受创，需要慢慢地在家里调理，心理稳定了就可以上学。秦叔总觉得女儿一直在家里待着算哪门子事，要早点上学，接触人群，和小伙伴们待在一起，才好得快一些。妻子坚决不同意，也懒得理秦叔。她请了一个长假，待在家里，好好调养女儿的身体。自从那件事发生以后，妻子就没有跟他说过一句话。他也知道妻子一时半会是不会原谅自己的，他尽量避免和妻子起正面冲突，就躲着妻子。那天，妻子外出买菜，女儿独自待在屋子里，她木讷地望着窗外。秦叔担心地问，你在看什么。女儿说，什么都没看。秦叔又问，那你在想什么。女儿摇头说，什么都没有想。秦叔说，你有什么想法，一定要跟我说。女儿乖巧地点了点头。女儿说，我好想变成外头那只喜鹊，拖着长长的尾巴，从树的这头跳到那一头。秦叔说，你想上树呀。女儿说，喜鹊都在树上筑巢，那是它们的窝，我也想在树上住。秦叔说，等爸爸挣钱，买一个大院子，在院子里种一棵大樟树，再在树上给你安一个小窝，你觉得怎么样。女儿笑了起来。这么多天，秦叔第一次见女儿笑。女儿连忙从房里拿出了画笔，画了一棵大树，树上有一间屋子，她在屋子的门上写了自己的名字，然后把笔递给秦叔。"说话要算数。"她让秦叔在画上签字。秦叔笑着在画上写了名字。这也算是一个约定吧。秦叔问，你想去上学吗。女儿点了点头。秦叔高兴坏了，说道，那我明天送你去学校。女儿确实有点想念同学了，之前她在学校的那些好朋友来看过她一次，还给她带了一捧鲜花。鲜花都放枯萎了，女儿还舍不得扔。她把花放在书桌上，天天都能看到。

秦叔为了女儿去上学的事，去找妻子理论。妻子一如既往地没搭理他。他气坏了说道，不管你，明天死活也要让女儿去上学。妻子终于说话了，大声说，你就是那样，做事不过脑子，全凭想当然。两人爆发了激烈的冲突，你不让我，我不让你。妻子气得回了娘家。第二天，秦叔一大早如愿地把女儿送回学校。上午，他还有些担心，主动给老师打了一个电话，老师说一切都正常。他这才放下心。下午，他刚准备去上班，老师打了一个电话给他，女儿出事。他惊了一下，立马赶往学校。等他赶到学校，女儿已经被消防员从天台上救了下来，她情绪崩溃，躺在地上号啕大哭，直至晕厥，被送上了救护车。妻子一直抱着女儿，跟着放声痛哭。秦叔正想上救护车，却被妻子推了下来，妻子指着秦叔的鼻子，骂道，你个狗日的，你滚远点，别来祸害我们娘俩。秦叔一脸蒙地看着救护车远去。旁边老师给了秦叔一沓照片，都是上次被打的时候拍的。女儿鼻青脸肿，额头流着血，被迫学狗一样的蹲着，做着屈辱的动作，旁边是几个孩子嬉笑的鬼脸。原来，下午第一节课是体育课，大家上完体育课回到教室，发现教室到处都是这些照片，女儿看到照片，顿时情绪失控了，就大喊大叫。受了刺激之后，她一时想不通，冲到教学楼楼顶要跳楼自杀，最后是老师发现得早，一边稳住她的情绪，一边打了消防救援的电话。秦叔看了这些照片，气得发抖。老师说警察已经来了，在楼下做笔录。秦叔顾不上警察，大吼着，是谁？到底是谁做的？秦叔心里清楚，又是那帮浑小子，因为他们都是未成年，除了主犯黄毛收监之外，其他的学生批评教育之后都放回了学校。他多次向上投诉，对那帮罪犯的处罚太轻了，但也没办法，毕竟他们还未成年，还是孩子，就给他们一次机会，他一直这样说服自己。然而，他们终究是噩梦，一次次突破他的底线，伤害自己的女儿。秦叔的脑袋像是顶了一个热锅一样，又热又闷，耳朵冒出了气。"不是要报复吗，那就报复吧。"等救护车消失在视线之后，他从垃圾桶里抽出了一把长铁铲，去找那些小混蛋……

秦叔挖好了坑，然后放下杉树的树苗，再培好土，一棵树种好了，他又继续种下一棵。所有的怨气，似乎一点点地埋到了树下。他感觉自己一点点地轻松了起来。这时，突然下起了雷阵雨，大家伙都高兴地说，这下可以不用浇水了，天意，天要养这些树，然后撤回到帐篷里。秦叔淋着雨继续种树，他还有两棵树没种上去。下雨没晴天好种树，雨水把泥土都冲散了，他蹲下去，用手把泥巴捧到坑里。手抓到泥巴是那样的实在、亲切，他一把土，又一把土，他把两棵树种完了，还不够，远远还不够，他感觉自己也变成了一棵树，需要很多很多的土。他淋着雨，把土往自己的身上抹，他要变成一棵树，一棵女儿画在画上的树，那是他承诺的，他要做到。工友们在帐篷里，伸出头，默默地看着秦叔的行为。工头见状，气不打一处来，他赶紧打了一把伞，冲了过去，大声地质问秦叔，你发什么神经，赶紧回帐篷里去，山里搞病了不好治。秦叔不听，他笑着说，我才没有发神经，我清醒着呢，不就是要树吗？我可以变成树，我要变成树！工头喊了两个工人把秦叔抓回去。秦叔躲着工人们的抓捕，他把泥土往工人身上扔，一边躲着跑，一边哈哈大笑。他最后跑到了皂角树下，两三下就爬上树了，他爬上树不下来，谁要上去他打谁。没有办法，工头只得让他待在树上。秦叔折了一根树枝，他轻轻地敲打树干，跟着击打树干的节奏，唱起了野山腔。他只会肖老头教给他的两句，他反复唱着那两句。大家伙愣愣地看着他。就在这时，山里突然响起了一声野兽叫声，像是呼应着秦叔的唱腔。这可把工头吓死了，他连忙把工人都赶到帐篷里，让几个壮硕的人都拿起锄头和铲子戒备，自己则拿起卫星电话联系外面。秦叔听着有野兽的叫声更兴奋了，唱得也更欢了。他没见过游神兽，游神兽长得太丑了，一定是羞于见人，所以才躲了起来。秦叔站在树枝上，又蹦又唱，他看着旁边森林里树枝摇曳，期待着游神兽的真面目。

5

梦里，蔚蓝的天空，到处都是五颜六色的树，树上是闪闪发光的树叶，走在其中能听到丁零的响声。秦叔发现了一棵粉色的树，那是棵枫树，树冠非常大，像是一把巨大的伞。枫树粗大的树干上建了一座白色的小房子。他敲门无人应，又耐不住性子，直接打开了门，里面坐着一个小女孩在玩积木。他望着女孩的背影格外熟悉，喊了一声名字。的确是女儿。女儿欣喜地转过头。女儿曾经说，想住在树上，在树上做一栋大大的房子。

村庄里的房子拆完了，树种完了，回收村庄的任务也已经完成，工程队陆续撤下山去，奔赴下一个工地。工头转过身，打量着这片林子，只需要几年，这儿又是一片绿色，高高矮矮的树木与周边的森林浑然一体，谁也分辨不出哪些是后来种的树，到那时，无人知晓这里曾有一座村庄。工头大喊了一声，秦叔。无人回应。过了一会儿，听到了两只鸡叫。只见两只鸡跑了过来，像是跟工头道别一样，咕咕地叫了起来。

几天前，工头安排分拨撤离工作，秦叔找到了他。秦叔跟工头说，他打算留在森林。工头以为秦叔开玩笑，没搭理他。秦叔拍着工头的胳膊说，我真不走了，我都搭好了住的地方。秦叔拉着工头来到皂角树下，不知道什么时候，树枝上多了一个用废弃的木板子钉成的小木屋，方方正正的，刚好容纳秦叔一个人住。秦叔介绍说，里头枕头被子都有。工头说，那你吃什么，吃叶子吗？秦叔说，他买了一大袋子饼干，等饿了，他就去镇上，再买一袋子饼干，能止饿就行，渴了就喝山那边的泉水，那泉水干净着呐。工头想了想，还是觉得秦叔跟着他下山比较妥当，便说道，你别影响了我的项目验收，他们可都是从卫星上盯着这片森林。秦叔说，我的小木屋有这么高的树枝、这么多的树叶遮着，不走到树跟前，谁能看得到。何况这棵皂荚树本来就有，从来就是属于森林的，又不是属于村庄的，跟你回收村庄的项目毫无关系。工头无言以对。他不解地问，你到底为什么要住在这棵树上。秦叔说，我也不知道，但是我就是想住在树上。秦叔闭上眼睛，像是自己在说服自己：以前睡得不安生，经常睡不着，眼睛肿得老大，头昏沉沉的，做什么事都有气无力，就像我在监狱里度过的最后时光，明明别人说，前面是阳光明媚的，是自由自在的，是多好的，我看到的却是无数把枷锁。工头见秦叔愣住了，他拍了拍秦叔的肩膀，秦叔继续说，我告诉你吧，这几个月来，我一直睡在树上，就是皂角树最粗的那个枝干，我趴在上面，很是踏实，我竟然睡着了。以前我睡觉，一个轻微的动静我都能醒，我睡在树上，听到叽叽喳喳的鸟叫、呼哧呼哧的风吹声、叽里呱啦的兽叫声等，我听得认真，耳朵也舒服了起来，睡着了，也不会被吵醒。

这荒山野岭的人怎么待得住，工头想着，是自己把秦叔带到这片林子的，怎么着也要把他带回去，不然心里过不去。他计划晚上，等秦叔睡着了，喊上三五个人，把秦叔用绳子捆住，抬下山去。吃过晚饭之后，秦叔跟往常一样洗碗收拾，折腾完了，他将全部的锅碗瓢盆都打包装好，明天早上吃面包喝豆浆，而这些炊具也会被挑到山下。工头他们坐在帐篷里，算着工资，这回回收村庄，每个人起码能得个五六千块钱，大家虽然依旧沉默不语，却心生欢喜，就又饮了几盅酒。等到午夜，秦叔的帐篷里没了声音，大家猜测他可能爬上树回到小木屋睡觉了，就准备动手。几个人轻手轻脚地跑到树下，他们计划让身体瘦小的工头先爬到树上，用绳子捆住秦叔的手脚，然后下面人用力拉，把秦叔从小木屋拉出来，等秦叔从树上掉下来几个人把他接住，再绑了手脚。工头抓着树干往上攀爬，多少年没有爬过树了，他感觉有些力不从心，要是真把秦叔捆下山去，他要扣秦叔的工资，给自己买一只鸡吃，当作这次爬树的奖励。等工头吃力地爬上树干，他倒是松了一口气，他蹑手蹑脚地打开小木门，定睛一看，秦叔不在里面，只有两只鸡，鸡受了惊吓，拼命地往小木屋外面冲，工头一下子没站稳，从树干上掉了下来，幸好被工友接住了，不然腰又要受罪。秦叔不在小木屋，难道是他未卜先知，知道今晚要捆他下山。工头不信，他让大家在四周找找，结果整个工地都找了一遍，不见秦叔的踪迹。工头让工友们回去睡觉，自己又拿着手电筒，沿着山路寻找秦叔，他一边走，一边喊，空旷的森林没有回响。工头突然想到了什么，于是折了一根树枝，按照野山腔的节奏敲打着树干，发出响声。忽然，山的那边传来了一声兽叫，随后是野山腔。他知道那是秦叔，秦叔唱的曲子没有词，只是跟着调子随意唱的，那声调凄凉婉转，穿过一棵棵树、一片片树叶、一层层薄雾，传递到山林遍野，诉说着他的心事。工头听懂了，更用力地敲打着树干，发出响动。山那边的声音渐渐消失了。"没有办法，只得让他去。"工头丧气地回到帐篷，他拿出卫星电话，给监狱长打了一个电话。他觉得该做的都做了，已经仁至义尽。太阳升了起来，森林湿气变重，开始闷热了起来。工人们催促着工头下山，工头从包里拿出面包，吃了一口面包，咕噜噜地喝完豆浆。他望着森林，最后大喊了一声秦叔，还是没有回响，他转过头离开了。

日升日落，有时，没有太阳，只有不间断的雨水。一整个雨季，山林都在下雨。秦叔心想，林子外面可能是晴天吧。秦叔抹了抹眼泪，哭了。肖大爷死了。肖大爷每天早上都会出现在山上，他们一起唱野山腔。肖大爷和秦叔约定，如果他死了，就上不来了，他活着一天，天天要来一趟山上。如今肖大爷已经有三天没有上山来了，他铁定是死了，想到这里，秦叔不停地抹眼泪。肖大爷是个好人，不该这个时候死了，他还没亲眼看见游神兽。

秦叔打开小木屋的门，望着这一片树木，它们如同监狱里的铁窗，将自己囚禁在这里。他在监狱待过那么多年，他深知被囚禁的滋味。比起监狱，这片莽莽的森林就是自己囚禁自己，自我赎罪，与监狱唯一不同的是，在森林里心能稍稍安一些，他有勇气和底气思念女儿和妻子。秦叔从小木屋里拿出瓷碟，那是肖大爷传给他的，他接下了，他从地上捡起筷子，用筷子敲打着碟子，左边两下，右边两下，嘴里唱着野山腔。雨水打落在身上，像是为他敲打着节奏，他把筷子扔了，又把碟子对着石头用力地砸去，碟子碎成了几瓣。他在地上爬，学着游神兽的吼叫，自己像是变成了一头野兽，从树上跳了下来，沿着山路奔跑，他从来没有做过这么疯狂的事，仿佛体内的基因被激活了一样，他一头钻进林子里，在林子里攀爬、跳跃，他变成了一只猴子，一只猩猩。他爬到一棵高枝上，能望到大山，他对着山林吼叫了起来。突然，大片大片的山林摇动了起来，万物寂静，没有了风声，没有了雨声。他听到了一声巨大的兽吼，震破长空。他吓到了，从树上滑落了下来。他倒在地上，感觉到地在震动，是它的脚步，它跑得越来越快，离他越来越近。他不知所措地往后退，他慌忙地把地上的草叶扯断盖在自己的身上，企图以此让它看不见。他又在地上挖坑，把自己埋了进去，却呛了一鼻子的土。他突然觉得好笑，哈哈大笑了起来，他双手张开，仰在地上，无所谓了，有什么怕的，人生不就是这样，反正自己又没做愧对良心的事，下一世怕能投个好胎。他看着树上的叶子往下落，一股强大的气流在他的前方，他睁开眼睛，要好好地看仔细，那游神兽到底长成一副什么模样，他好在九泉之下讲给肖大爷听。肖大爷肯定会嫉妒的。

一个阴影罩了过来，树叶被一层层扒开，它猛地跳了出来。

"爸爸!"

秦叔一看，居然是女儿! 他赶紧起身，想抓住女儿，却扑空了，抓了一把落叶。他安静地又躺回地上，眼角流出几滴热泪。他仰面望着阳光漏过层层树叶，形成斑驳的光影，随着风，在林子里晃动，像极了穿着连衣裙的女儿，站在林子的中央向他招手，喊他回家。秦叔心想，或许这一切都是真的吧，他真切地听到了女儿喊了一声"爸爸"!

塔之上

1

那年秋天，我骑自行车由 318 国道进西藏，在一个不知名的小村庄，自行车的链条散架了，我花费了两个多小时都没有修好。已经到傍晚了，只得推着车去村子里寻找帮助。走下国道，是一片荒草丛生的田畈，再远处，有一排民居。我循着一条土路往前走，土路两边种了杨树，叶子已经黄透了，大半叶子掉在了地上。没一会儿，我听到孩子们的追逐声。我才发现不远处有一个篮球场，几个孩童在踢足球。篮球场的旁边有一间小砖房，上面写着"小卖部"。孩子们见着我，顿时就收起了笑容，木木地看着我。我对他们摇摇头打招呼，他们也没有反应。我倒显得有些尴尬，就这样，我在孩子们的目视下，推

塔之上　067

着自行车，走进了"小卖部"。一位大叔听出我是外地人，出门热情接待我，他自称是刘师傅。刘师傅又高又瘦，说着一口方言。我听了半天大概懂了，他说小卖部没有销售自行车的链条，但是他可以打电话，让镇上修自行车的师傅明天来一趟村里。我感谢了他。正准备在外面搭帐篷睡觉，刘师傅把我拉进屋子，他说今天太晚了，就在他家里休息。看着外头陌生的环境，我没有多想就答应了。我说给他一百块钱当住宿费和饭钱，他拒绝了，说不要钱，家里的饭总是要做的，多一双筷子也不是什么大事。

晚上，刘师傅做了三个菜，一个烧鱼块，一个蒜薹炒腊肉，一个辣椒炒鸡蛋。刘师傅得知我要去西藏，而且是骑着自行车，一脸的不解。他反复问我，为什么不乘坐高铁，现在高铁可方便了。我也没怎么解释。就说自己喜欢骑行。刘师傅说，你真怪呀，和那个男人一样？我疑惑地问，哪个男人？

刘师傅没有作声，起身去了灶台，拿出两个碗，一个碗盛满饭，一个碗盛满菜，对我说，走吧，去看看那个奇怪的男人。

刘师傅带我走了一条小路，从另外一个方向绕到民居的后面。我问他，这里是不是田畈，怎么没有耕种？他说，这是水库的尾子，这些田地都是属于水库的，到夏天泄洪，这些地方都会淹没。以前我们赶在冬春干旱的时候，偷偷种上油菜，现在管得严，水库的地盘都不要人种地。

我们刚绕过民居，就看到了一栋白色的塔，歪歪扭扭的，直入云霄。我问，那是什么塔？刘师傅笑着说，没有名字，就叫塔。

一年前的冬天，村里来了一位流浪汉，他看起来有四五十岁，高高瘦瘦的，留着络腮胡子和长头发，像是一个外国人。他不知怎么了，在水库最尾子的破茅屋里住了下来。那茅屋之前是照看水库的，后来没人偷鱼了，茅屋就荒废了。村民问流浪汉情况，他叽里呱啦地说一些听不懂的话，见他可怜兮兮的样子，村民给他找来了一些旧衣服和食物。旧衣服他通通不要，扔得到处都是，但是食物他却欣然接着，也不管是肉是菜是饭，大口地吃了起来。村民本来以为，他待不了多久，到了春天，他会离开村子，去大城市乞讨，毕竟大城市才有更多翻身的机会，然而一直过了立春，他还是没有走。村民发现，茅草屋旁边渐渐出现了砖头、钢筋，越堆积越多。一眼看去，那些砖头大大小小，上面带有水泥块，钢筋不仅粘着水泥块，还锈迹斑斑，不知道这些破烂都是从哪里捡回来的，要这些废弃物干什么。村民觉得很奇怪。

我听这个事一下子着迷了，连忙问，他为什么要搞这些东西？

刘师傅说，后来我们才知道，他是去二十公里远的城郊棚户房拆迁工地上捡的，来回四十公里，就为了这些破砖烂瓦。

我抬头，看了一眼白塔，大概晓得了，流浪汉是为了建那座塔。

对。刘师傅说，那座奇怪的塔就是他用那些破烂建的，我们总以为，那座塔不结实，风一吹雨一淋就倒了，没想到一年了，塔不仅没倒，还越建越高。我是亲眼见着塔长高的，我都有成就感了。

他在这块地建塔就没人管吗？

他建那塔的地原本是属于水库的，水库以为是属于村里的，反正说不清楚，大家见他又是流浪人员，谁都没有管，其实我知道，他们都当笑话看，我们村好久没有这样的笑话看了。

听刘师傅这么说，我对塔好奇了起来，脚步不断加快。刘师傅见状，哈哈笑着说道，你跑吧，附近十里八村的人也是跑着去看稀奇。

我没一会儿，就跑到了塔前，原来塔不是因为外层涂上了白色的油漆而呈现出白色，而是因为一条条白色的布料和塑料袋挂在外墙上。塔接近十米。塔的底座有两米高，使用一块块来自不同建筑物的砖、钢筋的混合物，用水泥拼接在一起。再往上就是用砖、石一层层砌的，其中有一层用了废弃的铁板，上面贴了五颜六色的塑料袋。看得出来，他不是随便地往上堆积废物，而是利用废砖的形状和石头的纹理，每一层都拼出了图案，看起来不仅毫无违和感，而且带有一种说不出来的舒适。风一吹，塑料袋、布料啪啪作响，然后飞了起来，那一刻，感觉这座塔也跟着飞了起来。真是一种奇妙的感觉。

刘师傅走上前，敲了敲门。那座门就是一块大型的泡沫板。刘师傅喊了几声九郎。刘师傅解释说，这是村民给流浪汉取的名字，在他们方言里，九郎就是小弟弟的意思。喊了半天没人回答，可能收集破烂去了吧。刘师傅说完，正打算把饭菜放在门口，却见门口已经放了一大碗面，上面堆着一坨坨肉。刘师傅笑着说，有人比我家吃饭还早。说着，也将饭菜放在旁边。

我好奇地从缝隙中向里头偷看，什么都没有看到，正准备推开泡沫板，被刘师傅制止了。他连忙说，人不在家，怎么去人家的屋子里？那很不好。我听他这么说，红着脸，退了出来，将塑料板摆放正，又跟着刘师傅回头。在路上，我不停地回过头看那座塔，直至消失在我的眼里。白塔虽然矗立在荒草之上，却带有一股神秘的力量，让我不得不为它倾心。骑自行车去西藏——曾以为是壮举，而在那塔的面前显得是多么渺小。

2

当晚，我睡在外屋，刘师傅睡在里屋，我问他老婆孩子呢。他说，离婚了，那两货在深圳，自己一个人过了七年，挺好的。我望着屋顶上挂着的防雨布，窗户紧闭，屋里没风，防雨布却上下翻动，我一直在想哪儿来的风，难道是防雨布上面开了天窗。小卖部一面长墙边摆满了货架，一头摆放了一张麻将机，另一头，就是我打地铺的这边，挂了一个神龛，里面摆放的是"天地君亲师"位。再旁边，挂了几张老照片。我饶有兴趣地看了看那些照片，没有一张是刘师傅。我轻轻抚摸了一下照片，这些黑白照片让我想起了父亲。

之前说好了给父亲拍遗照，父亲也同意，说我学了四年摄影专业，花了他好几十万元钱，是应该给他照个一两张相片。后来照片没拍成，父亲就去世了。父亲这一死，总让我觉得欠他一张照片。

是呀，我还欠他一张照片呢！

我躺下，把自己塞进睡袋里，没过多久，能清晰地听见刘师傅打呼噜的声音，防雨布随着他的呼噜声上下抖动得更厉害了，弄得我睡不着。我父亲以前也打鼾，他不太喜欢我学习艺术，那个时候我既在学习美术，又在学习拉二胡，他觉得那都是女孩子的本事，男孩子应该练习篮球、田径或者跆拳道。小时候，父亲常常跟我说，你不要安静地待在那里，你得动起来，像小白兔一样，生命在于运动。他会带着我长跑，一跑就是十千米，中间不歇气。我每次即便跑得很慢，但也咬牙坚持到了最后，似乎咬牙坚持就是对他的反抗，然而父亲看到我能够跑到最后，总是一脸的笑容。他尝试说服我，让我报个体育特长生，我毫不犹豫地拒绝了他。他问我为什么。我说应该无聊吧，练习田径像长跑一样无聊透顶。直到去年，父亲说，会帮我找到一个体面的工作，他战友在江汉路开了一个婚纱店，我学摄影刚好对口，可以去拍婚纱照。我拒绝了，我说，我可以去任何的婚纱店，但是我不会去，我是搞艺术的，又不是搞那些事的。父亲说，拍婚纱照不也是艺术照，新郎新娘穿得漂漂亮亮的，站在那里，背后又是美景，多好看呀。我发现我解释不清了。我就跟他说，反正我不去，我要去旅行，拍一些片子，你知道吗？我老师说我是体验派，只有体验过，才能拍出满意的作品。父亲说，那你找个女朋友，先体验拍一组婚纱照，以后就有手感了。我无语了，瞪着他说，那我要是想拍一组死亡主题的片子，是不是也要体验一番死亡，才能拍出来？父亲站在门口愣了半天，才说，等你想去婚纱店了，再跟我讲，婚纱店是我战友独资开的，他会给足我面子，我在战场上曾经救过他的命。

我翻过身，不顾那条烦人的防雨布，双手枕在脸下。父亲死后，他的形象比以前更陌生了，他带走了许多的记忆，又留下了重复的细节。我的旅拍计划，也时时搁置。这次骑行，是我去那家婚纱店应聘的时候，无意提到了父亲，也诉说了我的困惑，他战友听闻是父亲，很激动，给了我一笔经费，赞助了这次西藏的骑行，还给了我一个超长带薪假期。我也是很惊讶：还没上班就放假了。他战友对我说，仅此一次，往后你就得好好拍婚纱照了。我点头答应了。

我从包里拿出照相机。这是父亲在我读大学的时候给我买的。我借助手机的灯光，小心翼翼地擦拭。擦拭完了，就抱着相机睡着了。第二天，睁开眼帘，一群村民站在小卖部门口，纷纷伸进头，好奇地打量我。我吓了一跳，赶紧爬起来，穿好衣服。刘师傅从里屋背了一袋东西出来，对着村民说，找来找去，就只有一袋油菜种子，是去年的，忘记到了种油菜的节气了，没来得及进种子和化肥。刘师傅喊了一声，油菜就先拿这个种吧，再追肥。村民一边买着油菜种子，一边默默盯着我。

这时，九郎来了，他将昨天送饭菜的碗洗干净，送了过来。刘师傅接过碗，放到一旁。九郎加入其他村民的行列，一道看着我狼狈地收拾睡袋和洗漱。我弄完之后，尴尬地问，哪儿上厕所？

刘师傅抬起头，笑了笑，说茅坑在外头。然后指着九郎，让九郎带我去。九郎兴冲冲地跑在前面，我要小跑才能跟上他。我这才发现，离小卖部不远的地方有一条小河，茅坑就在河边，是一座方方正正的砖房里搭两块板子。河的上游还有几个妇女在洗衣服，洗衣粉打成的泡沫从板子下漂过。没办法，我实在憋不住了。上完之后，屁股都被河风冻红了。出来的时候，我特意瞄了一眼，一坨屎漂在河面上，悠闲地奔向下游。

九郎不在外面，我独自回的小卖部。吃了早饭，刘师傅说，修自行车的出发了，要两个小时才能到村里，问我是否愿意陪他去种油菜，我欣然答应。刘师傅有两亩地，种出来的油菜打成菜籽油，不仅够自己一年的用量，还能卖一点。

等我们扛着锄头走到地里，才发现九郎与村民一同种油菜，有喜有乐的。刘师傅跟我说，九郎是个好人，不管谁家有农事，他都主动帮忙，事后别人给他钱，他坚决不要。村民很喜欢他，哪家做了好菜，都会端一碗给九郎。九郎现在连谁是谁家的盘子都认识了。

我给九郎打了一声招呼，九郎高兴地挥手。

种油菜是个苦差事，还好九郎帮忙，他和刘师傅在前面耕土，我在后面播撒种子。这时，我才发现九郎力大无比。刘师傅早就累了，九郎一人耕土。到后来村民们都去歇息了，他还在麻利地干，似乎有使不完的力气。

直到那天中午，我的自行车终于修好了。我正对小卖部依依不舍，计划去留的时候，修车的跟刘师傅说，他在县气象局的侄子打电话给他，这两天气象不好，有大暴雨，让他把摊子收了，侄子说了三遍，三遍就很重要了。这个季节下大暴雨，天气太反常了。刘师傅接着说，反常多了去了，今年夏天本是抗洪的季节，硬是一滴雨没下，你看水库干得什么样。然后对我说，你在这里住两天吧，等雨下了再走，安全一些。我其实有私心，并不想马上就走，我计划给塔和九郎拍几张照片，说不定有一张满意的作品。听他们这么说，我立马就答应再住两天。

3

傍晚，天空明暗浑浊，风刮得很大。好在卫衣的领子长，我的脖子整个都缩了进去，暖和多了。我背着相机，双手揣在兜里，独自向塔的方向走去。这个季节的野草很犟，每一步都走得磕磕绊绊，于是我有意将野草一棵棵踩倒，从倒伏的野草上走过。那一段看起来不长的路，我感觉走了很长时间。塔映入眼帘，越来越高大。我远远地打量这栋建筑，荒原之上的一抹白色，除了地基是正方形的，再往上的建筑歪歪扭扭，可能是建的时候，他觉得歪了又砌了回来，反反复复才有这样的形状，虽然很不协调，却有一种说不出来的美感，又唐突，又自然。我拿起相机，选了不同的角度，拍了好几张照片。正在这时，九郎推着小拖车回来了。拖车里装着石块。九郎见着我，挥手给我打招呼。他放下拖车，喝了半瓶装在塑料瓶里的水。

我靠拢过去，站在九郎的身边，也没有跟他说话。九郎小心翼翼地把塑料门板移开。我迫不及待地准备进去一探究竟，脚刚要踏进去就被九郎一把拉住。他把拖车上的石块搬到门口，然后从一个砖缝里拿出毛巾，拉着我向河边走去。我一头雾水，只能跟上他的步伐。等快到河边的时候，他松开了我的手，一溜烟地向河边跑去，一下子把衣服脱光，钻进水里，在水里打了几个翻，然后笑着向我招手。我突然反应过来，进他的家门也是有规矩，这个规矩不是套鞋套，而是要洗个澡。

风哗啦啦地吹，我摸了摸脖子，虽然被衣领包裹着，却还是感到冰凉。我轻轻放下了相机，不情愿地脱光衣服下到河里，身体一沾到河水就不停地抖动打战。九郎望着我这副模样，哈哈大笑起来，不停地往我身上泼水。我集中注意力抗寒，完全没有搭理他，等我身体适应了水温，我在水里快速地冲了一下身子，全身上下都搓了一番，就跑上岸了，赶紧用内裤擦干身子，再把衣服穿上。即便这样，还是打了几个重重的喷嚏。九郎却不急不躁，慢慢地洗，一边洗一边游水。这时我才观察到，河的上游正是早上用过的茅坑，我还看到茅坑里露出一个屁股，顿时羞涩地转过头，起身向塔走去。

来到门口，我见九郎还不回来，犹豫地走进了塔里。塔的第一层大概有十平方米。地面是用破碎的地板砖拼接成了一个规整的形状，碎片的质地、颜色都不一样，明显是从不同的地方收集来的，却被削成个头差不多的三角形、圆形、正方形，大大小小的成百上千个，拼成的图案像是一个散发光芒的太阳，又像是某种家族的图腾，带有一种原始的神秘的感觉。地面一尘不染，让我不得不脱了鞋，才安心走在上面。地砖虽然是破碎的，但是被水泥包了边，走在上面，还是非常光滑。塔里没有什么家具，只是在靠墙的地方放了一张桌子、两把椅子，空空荡荡，却极具艺术感。我想大声地喊一声，说不定有回声，于是我喊了一声，九郎应了一声。我吓了一跳，不知道什么时候，九郎进来了。我端起相机找准角度就是一顿猛拍。九郎好奇地看着照相机，见他那个样子，我就把相机递给他，让他用眼睛对准取景器，镜像变清楚了就按下旁边的按钮，咔嚓一下，一张照片拍好了。他兴奋地看着屏幕上呈现的照片，又尝试了好几次。

很快九郎就觉得没意思，他将相机还给了我，用背篓背着今天运回来的石头，向塔上走去。我知道他是要建塔，就好奇地跟在后面。楼梯是用一块块水泥板堆成的，走在上面冰冰凉凉，绕到后面才发现，塔的背面每一层都开了窗，又通过一扇扇镜子，将光线引入到每一层的最中央，巧妙地解决了采光问题。第一个窗子有两米高，没有窗门窗架，用细线将各色饮料瓶穿在一起，然后像帘子一样挂在窗子上，风一动，瓶子砰砰作响，光线趁着缝隙钻了进来。第二个窗户矮一些，是用贝壳穿在一起，风都难以吹动，我轻轻地用手弹了一下，贝壳相互碰撞，然后线都缠在一起了，我赶紧又把线解开，物归原位。越往上走，窗户越来越矮。塔的第二层放了一个长条旧沙发，那大概是九郎睡觉的地方，旁边有一个衣柜，衣柜被黑色的布盖住，衣柜里应该装着九郎的生活用品。每一层塔都有一两个家具，整体看起来都整洁、干净，无论是器物的选择，还是颜色的搭配，都别出心裁，相互融合，让我难以相信，这些东西都是九郎从外面捡回来的。

风刮大了，将塑料瓶子吹得响亮，我看了一眼窗外，天已经黑了下来，野草在瑟瑟发抖，让整个田畈看起来在晃动，这场雨来势汹汹，应该不小。我对九郎说，快要下雨了。他没有搭理我，将石头背到了最后一层，又背了一袋沙子上来，又提了一桶水上来，又抱了一个木箱上来。他打开木箱，里头是水泥灰。他熟练地和水泥。和完水泥，将石块沾着水泥，小心翼翼地安放在最外边，他码了三四层石头，我这才看明白，他想做一排石头栏杆。我靠近石头边，向外张望，视野非常开阔，越过田畈，可以看到刘师傅的店、村子外面的街道，甚至还能看到 318 国道，国道上拉石材的货车来来往往。九郎拍了一下我的肩膀，示意我换一个方向。我朝另一边望去，群山之中，一片白茫茫的湖，湖水波光粼粼，望不到边际，像是镶嵌在山里的珍宝，闪闪发光。往细处看，湖面上还有一群水禽在觅食嬉戏。这应该就是水库吧，站在塔上，刚好可以俯瞰。我回过头看着九郎满足的笑容。那个时候，我觉得全世界只有一个艺术家，那就是九郎。

雨猛然开始往下落，九郎回过神，赶紧俯下身体，继续和水泥，搭建石头栏杆。我见状，劝他下去躲躲雨，等天晴了再弄这些。九郎没有作声，似乎完全听不见我的声音，埋头干事。雨水淋湿了他的头发、衣服，密密麻麻地打在他的身上，他满不在乎，连满脸的雨水都不去抹掉，眼睛里铺满了雨水，也不多眨一下眼，任雨水占据着自己的身体、目光。他的那股认真的劲，让我觉得他手里拿的不是石头，不是水泥，而是一股神圣的力量，他不是在搭建房子，而是在完成一件艺术品。我连忙冲到一楼，找了一块塑料布，把我的相机包裹了起来，只留出镜头，快速地冲上塔顶，对着九郎一阵拍摄。那一刻，我全身血液在沸腾，完全盖过了雨声，所有的声响都杂糅在一起，归于我的心脏，它又源源不断地释放着力量，田畈、大地、湖水都在回应着我的心跳，我在喘息着，仿佛达到了艺术的边缘。这时，我听见有人喊我，不停地喊，声音越来越大。

我回过神，往塔下一看，原来是刘师傅。刘师傅喊我回家去。

我说我还要再待一会儿。

刘师傅不同意，反复说塔上不安全。

我大声地说，没有什么不安全的。

正在这时，雨水变得坚硬了起来，我捧起双手，水滴开始变成了固体，然后是冰，一坨坨的冰，砸得我浑身疼痛，我这才反应过来是冰雹，我赶紧拉着九郎往塔下走，九郎一下子把我甩了出去。他力气大，而我重重地摔在地上。九郎脱掉了湿漉漉的上衣，回到了原位，继续搬弄着石头。我看着拳头大小的冰雹砸在他的身上，他皮肤都红了，肿了，流出了鲜血，他如同一块铁，岿然不动。

那张照片无法打印，我抱着相机看了一整晚，直至相机没有电。那张照片依旧刻在我的脑海里，反复地回想。刘师傅让我到里屋睡，给我加了一床被子，可是我还是感冒了。第二天，我骑着自行车去了一趟镇上的卫生院，开了一些感冒药和外伤药。我路过一家网吧，停住了脚步，突然忍不住冲了进去。我买了一个读卡器，将相机的照片拷进了电脑。看着九郎在冰雹里建塔的照片，内心有太多的东西想要诉说，于是我在照片下面写了一篇创作感受，大概有三千字，作为一个原创的帖子发在了论坛里。关掉电脑之后，我才松了一口气。那张照片才渐渐地从脑子里淡化。

我骑自行车回到村子，专程去了白塔，把外伤药送给九郎。我刚到田畈，远远地就看到九郎站在塔顶上。我发现塔的石头栏杆已经做好了。九郎扶着栏杆，眺望山里。山里有一片湖，恐怕只有九郎才可以看见吧。我大声地喊着九郎。九郎也发现了我。他对着我大喊了几声啊啊哦哦。这是我第一次听九郎开口说话。

4

淋了雨之后，很快我就病倒了，头痛发烧，起不了床，吃了感冒药也不见效。我躺在床上，只要睁开眼，眼前就会出现白晃晃的一片亮光，亮光之中悬挂了一个黑色的相框。相框有节奏地前后摇摆，我仔细看着相框，里头夹着一幅照片，照片上有塔，父亲站在塔下，一脸严肃地看着我。我有些胆怯，感觉自己没做错什么，他却一副不信任的表情。父亲好像对我说话，但是我听不清楚他在讲什么。我叫了一声父亲，却听见刘师傅在喊我的名字。他见我这般虚弱的样子，吓坏了，连忙喊村民把我送到了镇上的卫生院。我在卫生院打了三天吊瓶，烧依旧没退，医生说我病得很重，建议送到大医院。刘师傅慌了神，这事他做不了主，他左思右想，决定拿我的手机联系我的亲人。他在通讯录里翻了几个电话，最后找到了我父亲的战友。他很焦急，通过手机跟我说，傻孩子，难受的话就回来吧。我猛然觉得，我也是有家可以回的人，那一刻，心中生出了许多温暖，我想都没想，当即答应了。说也奇怪，打完电话之后，我觉得自己清醒不少，疼痛也减轻了。当天晚上，我就退烧了。

等我重新回到刘师傅家，自行车修好了。我摸了摸自行车坐垫，皮垫子被我磨破了一个洞，我还是挺怀念骑行的这些日子。我决定乘车回上海，自行车始终是个累赘，打算将自行车送给刘师傅。刘师傅不干，他说他从来不骑自行车。我只好说暂存在他这里。刘师傅这才答应，他让我一定要记得回来拿。我想去塔那边，跟九郎告个别。刘师傅总觉得我生病跟塔有关系，他劝我别去。我说我想去。刘师傅说，九郎一早就走了，不在塔里。刘师傅说的不知是真是假，他也是为我好，我只能作罢。出了小卖部，我最后望了一眼塔，就离开了村庄，改乘汽车，再坐火车回到了上海。

自那之后，我就在父亲战友的婚纱店干起了专职的摄影师。其实也没有什么不好的，日子就这样慢慢地过。拍摄婚纱照对于我来说不是什么难事，我也发现了一些小乐趣，比如说，顾客喜欢上我拍的照片会不由自主地微笑，她对自己的照片形象满意，也就是对我摄影技术的认可。拍摄多了，收入也增加了，我开始攒钱买房子。又过了两年，我谈了一个女朋友。我们是相亲认识的，她是我高中同学，高中三年，我们没有说过话。在一次同学聚会上，同学们起哄，让我和她接触试一试，我没法拒绝，当场就约她下次单独出去约会。她答应了。慢慢地，我和她越聊越多，两人就在一起了。她有诸多优点，比如说勤快、温柔、善解人意。最主要的是，她和我合得来，从不干涉我的事。半年后，我终于在郊区付了首付买了一套房子，面积九十平方米，刚好够两人生活。我认为可以结婚了，在情人节，我拿着玫瑰和戒指，跪下向她求婚。她哭着答应了，说我们以后好好过日子。

在结婚之前，我打算拍一组别致的结婚照。我一直有个想法：边旅行边拍摄。说起旅行，我立马想到了九郎还有白塔，我生的那场病，仿佛让我忘了他们，回到上海，就再没有想到过那个村庄。这么多年过去了，塔应该做成了吧。我猛然想起曾经在论坛上发过"流浪汉九郎和塔"的照片故事，自那之后，我一直没有登录论坛。我想着重温那些时光，便兴奋地打开电脑，登录账号，进入论坛后台之后，我大吃一惊，那篇文章有十多万的阅读量，帖子下涌入了大量的评论，还有不少媒体账号转载，"流浪汉九郎和塔"在当地曾经火了一把，我竟然没有发现。这诱发了我的好奇心，我决定再次回到那个村庄，去拍婚纱照。

一个月之后，我和未婚妻从上海出发，路上奔波了四天，又回到了那个熟悉的地方。从大巴上下来之后，我们提着大包小包，沿着凹凸不平的土路往前行，没一会儿就看到了刘师傅的小卖部，他的小卖部一点没变，刘师傅坐在小卖部前，他头发全白了，人也沧桑了。刘师傅一眼认出了我，激动地站起来，对着我招手，见我走近了，一把拉住我的手。他说，你回来了呀。这话我听得感觉像回家一样，格外亲切，我开心地笑了起来。

刘师傅告诉我，我走了之后，没过多久，很奇怪，好多陌生人都来到了村子里。我心想，肯定是我的那篇帖子吸引了不少人过来。

刘师傅说，后来，那座塔成了网红打卡点，好多外地人专程过来看塔。特别是周末，村子里到处都是人，叽叽喳喳的吵死了。刘师傅的小卖部卖东西都卖不过来，光烟酒就要卖几百块，有时一天就要进一次货。长了野草的那片田畈，被几个摩友骑摩托车碾成了平地，一棵野草都没有了。然后那些人又在田畈里搭帐篷、开派对、搞烧烤。他们觉得不过瘾，几个人在河岸边装了一些电子彩灯，到了晚上，一整条河发出五颜六色的光，他们三五成群地在河里喝酒划船，喝醉了就套个游泳圈，漂在河面上。

刘师傅笑着说，河边的粪坑也给拆了，他们要在河里玩耍，自然看不得大粪漂在河上，起先刘师傅不同意拆粪坑，但是那群人承诺换个地方建更好的卫生间，还带抽水马桶的。有这好事，刘师傅毫不犹豫地答应了。那群人集资了一万元，给他新建了一个卫生间。卫生间还收费，撒尿一元，拉屎两元。最关键的是九郎。这群人把九郎搞蒙了。九郎不修塔了，他哪儿都不去，守着门，不让那群人进入塔里。有人出价一千元，就为进去看一眼。九郎拒绝了，他一直都指着河里，还用毛巾假势搓着身子。刘师傅加重了语气说，九郎真傻，还指望别人去河里洗澡呢。刘师傅为九郎着想，劝他收点钱放人进入白塔参观，真金白银，不收白不收，何况收门票是白挣钱，又不要成本。可是九郎死活不配合收门票，他不知道从哪儿找来了一块铁板，将塔的门封得死死的。来村里玩的人都有意见。村里管事的被吵得没办法，只能出面和九郎沟通，给予适当的经济赔偿，收回塔的那块地。这事被水库的知道了，水库的不干了，说那地本来就是水库的地盘。两边围着那块地的归属一直扯皮。事情越闹越大。刘师傅见情况不妙，他再次去劝九郎，有钱在手，可以去城里买个两室一厅的好房子，何必赖在塔里，风吹雨淋的。九郎年纪也不小了，拿着这笔钱不说买房，也可以养老。九郎死活劝不动，他就认死理，实在没有办法。

后来，有人趁着九郎不在，偷偷地溜进塔里，在里头不知道干啥，正巧碰到九郎回来了。那人被九郎抓住，按在地上打，打得头破血流，忙喊救命。最后民警来了，把九郎带回了派出所，第二天，他们把九郎送到了救助站。九郎不在了，村里就把铁门打开了，收费参观神秘塔，一人一百元。来玩的人一下子就多了起来，大家一窝蜂地往里头钻。村里第一天就挣了一万元钱。水库听说了，跑来几个五大三粗的壮汉砸场子。没办法，村里给了两千元钱出去，才息事宁人。刘师傅说，九郎打的那个人是个熟人，就是村里某人的亲戚，在水库那边干临时工，水库那边奖励了他五千元钱。

正在我们聊天的时候，我无意发现小卖部的墙边放着一辆自行车，它都掉了一层颜色，我一眼就认出来了，那是我第一次骑行西藏时的车子，当年我就是推着它走进了村子。车上一点灰都没有。刘师傅说，这车我一直好好保管，车胎每年都换新的，你骑上去试一试。果真，骑上去，车像新的一样，踩踏得挺顺脚的。我骑着自行车，带着未婚妻，沿着田畈向塔的方向驶去。野草还是那么犟，车胎碾压不了，还弹回了力，我连龙头都扶不住。我们干脆下车步行，还是像以前一样，将野草一根根踩倒，顺着倒下的野草往前走，顺溜多了。

刘师傅对我讲过，终于大家都把那塔看腻了，来玩的人越来越少。那塔没啥意思，不就是几块破破烂烂的垃圾堆积而成，说得不好听，就是垃圾山，有什么看头？这时，村里和水库一合计，双方打算共同出资，把这些垃圾推倒重来，建立一个真正的水泥钢筋的白塔，塔高二十米，代表水库和村里的友谊长存，也好吸引游客过来玩。刘师傅说，在白塔被铲除的那一天，来了好多人，大家都在围观，那座塔在铲倒的时候会往哪边倾斜倒塌。铲车铲了两三下，塔从中间开始坍塌，然后推车把那些建筑垃圾填进坑里，埋入地下做塔基。这一切半个小时就搞完了。刘师傅讲了一个细节，那天，铲车在推塔的时候，他无意回过头，一眼看到了九郎。九郎不知道怎么从救助站里跑了出来，他站在人群最后面、田畈最高处，目不转睛地盯着塔倒了。刘师傅可怜九郎，想接他回小卖部吃口热饭，刘师傅一路小跑跑过去找九郎。九郎已经离开了。刘师傅远远地看着九郎背着一个破袋子，向更高处走去。

我问刘师傅，九郎很伤心吗？

刘师傅说，不，九郎在笑，感觉他很轻松，九郎肯定还会找到一个合适的地方，再建一座塔。

我们越过田畈，田畈到处都是垃圾，这些垃圾都有些年头了。我远远看着新建的白塔，白塔已经掉色了，露出里头的灰砖。新塔建好了，完全没有吸引到游客，所有九郎与塔的事都埋入了地下，新塔也就荒废了。未婚妻好奇地打量四周，她迎着风，大喊了一声我的名字，我回过头，只见她捡起地上的白色塑料袋，在空中挥扬，笑着说道，我觉得这里挺好的，不如我们在这里拍一张婚纱照吧。

广化寺遇雨

1

是年，南方大旱。

连续半个月的晴热高温天气，将巴水炙烤得又细又长，露出了大片的河沙，整个大别山林区拉响了红色防火警报。那时，我刚调入林业系统，全县进入紧急的抗旱行动。我由于还没分配科室，自然被抽调去乡下参加抗旱。我领到的任务是去北部的三个乡镇开展森林防火宣传。这是个苦差事。乡镇林业站的老张头带着我，顶着烈日，扛着高温，翻山越岭。第一天，我就中暑了，涂抹了风油精、喝了藿香正气液都不管用，整个人虚脱了，反复地呕吐，老张头把我背下山，送进了镇上的卫生所。医生说，无大碍，可能是之前熬夜多了，身子虚弱，让我好好睡一觉。

卫生所是一排青砖房，只有诊疗室安装了空调，没有几个病人，我就躺在椅子上，却始终睡不着。镇上信号不好，断断续续地收到一些信息：今天的气温最高达四十四摄氏度，创1961年以来的历史纪录。看到这儿，顿时感到脚下一股热气袭来。

我探头望向窗外，外头有一棵皂角树，树盖如伞，将整个院子都盖住了，看样子，树龄得有百把年。树下坐了一圈老人。

一旁的护士说："每年夏天，附近村子的老人都会到卫生所打几针氨基酸，不知听谁说氨基酸会增强免疫力，他们都把氨基酸当作是延年益寿的宝贝。"

"他们不热吗？"

护士说："那棵树正对着山谷，总有风来，年龄大的病人都受不了空调的冷风，所以聚到皂角树下，去吹山里的自来风。"

我看着觉得有趣，就悄悄下楼，去皂角树下走一走。果真树下不是很热，不时有一股凉风吹来。

一位打着吊针的老奶奶瞧见了我，向我招手。我以为她身体不舒服，忙跑过去问她怎么了。她反问我："阿素怎么还没来？"

"阿素是谁？你孩子吗？"

我刚一说完，众人扑哧地笑了。老奶奶也笑了，她说："我倒是没有那样风流的儿子。"

　　旁边的人连忙说道，阿素是一只公狗。

　　众人都说阿素是一只风流的狗，全镇的母狗都被它上过。老奶奶不赞成，她拉着我说："阿素可不是一条狗，它可是一匹狼。"老奶奶介绍自己曾经是村里的民兵队长，上山打过狼。她知道狼很猾，但是眼睛骗不了人，直勾勾的，刚毅有光，阿素就有一双这样的眼睛。

　　两年前，一个狂风暴雨的日子，卫生所的老人们把凳子和药架从樟树那边搬到了屋檐下，继续输着氨基酸。突然，门外一阵狗吠，大家齐齐望去，一只黑狗闯了进来，与卫生所养的看门狗扭打在一起。看门狗高出黑狗一个头，占据了上风，用身体猛烈地撞击黑狗。黑狗一个踉跄跌倒。黑狗很快站了起来，狠狠地盯着看门狗，发出低沉的喘息声。当看门狗再冲击的时候，黑狗身体一晃，趁着看门狗脚步不稳的时候，黑狗狠狠地咬住了看门狗的脖子。看门狗疼得直嚎，每次用力反抗，黑狗的牙齿咬得更深。直至看门狗放弃了反抗，黑狗才松开了口，从看门狗身上踩了过去，气势汹汹地向老人们走去。老人们见这场景，要么大喊医生护士救命，要么拔了针就跑进屋子里躲着。

　　后来，一位老太认出了黑狗，试探地叫了一声阿素。黑狗停住了脚步。原来黑狗叫阿素。阿素用额头在身上擦了擦，借着雨水，洗去了血迹。它一改之前的暴虐，两眼放光，摇着尾巴向老人们冲去。

老人们吓得逃窜，阿素却淡定地坐在屋檐下，眼巴巴地望着雨。

"它真的是阿素，怕只是想来躲雨。"阿素是广化寺老院主养的流浪狗，在梵音中长大，平时乖巧得很。

听了这话，几个大胆的老人试探地坐回原地。阿素没有搭理他们。又一个人拿出一块剩馒头，扔给它。阿素嗅了嗅，挑过头，也没搭理他。认出阿素的老太干脆走过去，摸了摸它的头。阿素前脚跪地，眯着眼睛享受着抚摸，嘴里发出轻声的叫唤。

众人这才放心，原来阿素是来躲雨。

后来阿素经常来。看门狗只要看着阿素就躲得远远的。阿素昂首挺胸，长驱直入。院长见阿素力量超群，想把阿素当作看门狗。阿素才不搭理他，在大樟树下晃荡晃荡，逗一逗老人开心，就潇洒地走了。

老奶奶小声地对我说，阿素不是吃素的，它来肯定有目的。

我问她，什么目的。

阿素第一次来时可能为了躲雨，但是此后隔三岔五地来卫生所干什么。这儿又没吃的又没喝的，更没有母狗，它图什么？肯定有什么图的。

我抬起头，看着老奶奶瓶子里的药水快完了，连忙起身喊护士。老奶奶打住了我，她把身边的空药水瓶子往角落里一扔，瓶子破了，发出一声清脆的声响。不一会儿，护士果真出来了。

我看了一眼角落，里面全都是玻璃碴。老奶奶笑嘻嘻地说，这是我一天里最爱做的事。

到了晚上，我恢复得差不多。林场的老张头还没回来。我出了卫生所，在镇区转转。夜幕降临，小镇的灯光稀疏，大部分店铺正在打烊。我漫无目的地行走在街道上。闻到了一股香味，只见前面不远处有一家面馆，熬的汤特别香。

"老板，你这是卖什么面？"我上前问道。

老板抬头看了我一眼，说："我们卖的是牛肉面。"

"多少钱一份，给我来一碗。"

"我们只做早餐，这是为明天早上准备的汤。"

"这样呀，好香呀。"

老板为难地瞅了我一眼。我眼巴巴地看着他，告诉他说："我是从外地来的。"

老板说："我锅里牛肉都是整坨煮的，一时半会也熟不了，你里外吃不成的，你要是嘴馋，我搞个例外，用新鲜的汤熬碗面你吃。"

我看着锅里扑腾的肉汤，连忙答应了。

我坐在一边，看着老板擀面。老板脚有残疾，我看着一个拐杖，在案桌旁跳来跳去。我无意发现桌子上有一碟牛肉片，笑着问老板："那牛肉是自己吃的吗?"

老板也回笑着说："我倒是不吃，但是那牛肉你也打不了主意，早就预订了。被一只狗预订了。"

"狗预订了?"

"我们镇上有名的狗，阿素。你外来人不知道。"

提起阿素，我突然来了兴趣，连忙让老板讲讲。

阿素是一条有灵性的狗，它不像别的狗，摇尾乞怜。它就像是一个隐士，每天它会从山上下来，开始的时候，他们都不认识阿素，阿素远远坐着，看着老板熬面，一坐就是大半天。老板看它可怜，就趁着顾客不多的时候，割了一小块牛肉，扔到它嘴边。

"它有什么反应吗?"

"它鄙视地看了我一眼，然后撇过了头，它满不在乎我给它扔的食物。"

老板说得眉飞色舞，演示着当时的场景。好心当成驴肝肺。老板当时生气了，啐了一口，将扔出去的牛肉，用脚狠狠地踩进地里。那狗杂种看都不看一样。

后来，阿素每天都会出现在那地方，远远地望着面馆。

有一次，隔壁县来了一帮贩卖废铁的汉子，要吃牛肉面，催促着老板赶快下面。老板说先来后到，让汉子们等着，给先到的熟客下面。一连下了十碗面。没过一会儿，老板发现，装钱的盒子不见了。几个大汉抄着手看着他。他感觉劲头不对，刚要说出口的话，立马吞了进去。老板望了望几个熟客，熟客们怕惹麻烦都低下了头。老板心想：这帮家伙关键的时候竟怂了。

正在老板为难的时候，传来了一声狗叫。不知道什么时候，阿素出现在门外。他从卖废铁的车上叼出了放钱的盒子。那群大汉见状，立马绿了眼，抄着家伙，向阿素冲去。阿素抗了一闷棍，反过来，咬了那人的臂膀。那人疼得一叫，将阿素甩了出去。阿素跑了，那群人开着车去撵。

老板忐忑不安地等了一上午，阿素才出现了，它浑身是血，喘着粗气。老板赶紧打电话，让镇上的兽医过来。老板切好一盘子牛肉，放在碗里，连同一盘子水，放在了阿素的跟前。阿素瞟了一眼老板，老板点点头，它才放心地大口咀嚼了起来。一盘子肉很快吃光了。老板又去切了一盘子。阿素吃了三大盘子，吃饱了，打了个大大的嗝。它望着老板，老板看着它，一人一狗相视一笑。

老板说："我每晚会留一碗牛肉，留给它第二天一早上吃，我特地多放一天，在酱水里泡着，肉会松弛一些，它好咀嚼。"

我这才发现，阿素在镇上是只名狗，不仅是牛肉面馆，肉店、菜店、甜食店的老板都认识它。它似乎每天都有菜谱，今天吃点猪肉，明天吃点牛肉，餐后再吃点糕点，大家都卖它面子。

我问老板："要是明天阿素换了菜谱,不吃你家的牛肉,该怎么办?"

老板说："它不吃,我也要把它的那份备着,遇到猪肉铺的老板,把他骂一顿。"

"哈哈,那你也是吃醋。"

"吃醋?那是吃酱油了。"

老板说完,把面端了上来。我一边吃着面,一边喝着汤,牛肉汤真鲜美。这让我对阿素更好奇了,它到底是一只怎样的狗。

2

第二天,林业站的老张头告诉我,下一站要去广化寺宣传防火。广化寺是挨着林场最近的。我想起卫生所老奶奶说过阿素是广化寺老院主养的,就来了兴趣,想去看看阿素到底长得一副怎样的模样。

我跟老张头说:"我也一起去。"

老张头哂笑着对我说:"现在年轻人天天宅在家里,都不运动,身体素质真差。等会儿上山,怕你又要中暑,你干脆就待在镇上吧,我们这些黑皮不怕油烫的去搞。"

我坚决要去,老张头也没办法,在卫生所开了几盒藿香正气液和几瓶清凉油。

从镇区上山最近的就是林场作业的小道，说路也不算路，不到半米宽的土路，曲曲折折横贯整个林区，土路经常长满草或者被灌木遮盖住，一般人很难发现，只有林场工人走习惯了，才能记下位置。老张头砍了一根竹棍，在前面探路，顺手砍着刺枝，我跟在后面缓慢地前进。

在阳光的照射下，草木散发出青气，那是一种涩涩的气味。我看着周边的杉树，没有风也会飒飒地晃动。老张头指着杉树说："它们在脱树皮，它们也怕热呀！"

我盯着草丛，小心翼翼地往前走。

老张头见状说："你不会又要中暑了吧。"

我说："不晓得会不会钻出一条蛇来。"

老张头哈哈大笑，说："你怕蛇呀，你就不用瞎操心了。这么热的天气，蚊子都热死了，蛇是不会出来的。"

听了这话，我才放心大胆地往前走。

老张头说："我从小在山上长大，对这山门清。"

我问老张头："你知道阿素吗？"

老张头说："你才来多久就知道阿素了。"

我说："镇上的人都在讲它的事儿。"

老张头说："那只狗都成了精怪！它每天背着广化寺老院主，偷偷下山，吃喝玩乐，酒足饭饱之后，再上山睡觉。老院主还当它是个善宝，还没出过庙呢。"

我说："这些事老院主不知道？"

老张头说："老院主当然不知道，大家都心照不宣，去庙里，也从来没有谁跟老院主提起过这事。老院主当它养的狗是吃素的，一天喂两顿土豆。"

我说："原来阿素是吃素的呀。"

老张头说："它有时也吃素。"

那年，老张头在林子巡山，他忽然听到一声嚎叫，顺着叫声查看，在前方，发现了一头野猪跳来跳去，大概是被偷猎的夹子夹住了后腿。而那个夹子正在林业小道上，要不是野猪，夹的可能是他。被夹子夹住的腿，肯定要废。老张头咒骂了偷猎的人，又同情起了野猪。唯一的办法就是把夹子拿下来。他小心地靠拢野猪，野猪不停地挣扎，越挣扎，夹子夹得越深，野猪嚎得更响。老张头移动到野猪的身后。老张头认出来夹住野猪的是地笼，地笼有一块钢板，所以咬合力特别大，他一个人可能扳不开。正当老张头准备伸手去试一试打开夹子的时候，野猪猛然调过头来，喘着粗气，恶狠狠地盯着他，眼睛放着红光。野猪疼红了眼，奋力一冲，将老张头扑倒在地。老张头的腿一下子骨折了，竟起不来。那头该死的野猪用前腿，在老张头身上疯狂地踩踏，发泄着全部的怨气。老张头动弹不得，只得用手肘护住头，忍受着疼痛，这样下去，他迟早会被踩死。就在这千钧一发之际，老张头想起了口袋里还有一把刀，他拼命地将手伸向了口袋，用力掏出了刀，然后扭过头，找准野猪的喉咙。他在想，如果一刀没有刺穿，野猪发了狠，他可能一下子就玩完了。他咬紧牙，正想一刀刺出的时候，林子里传来了一阵狗叫。

老张头抬起头，阿素出现了。

阿素毫不犹豫，一个箭步冲过来，将野猪从老张头身上冲撞了出去，野猪倒在地上，阿素趴在野猪身上，野猪反复地挣脱，阿素掉下来了，又趴上去。它像是在安慰野猪，过了许久，野猪筋疲力尽了，安静了下来。阿素才从野猪的身上下来。它一口咬住野猪的腿。野猪疼得直哼哼。阿素把野猪的腿咬断了，野猪才从地笼里挣脱了出来。

野猪躺在地上疼得打滚。

阿素走了过来，瞅了瞅老张头。老张头尝试着站起来，却怎么也爬不起来。阿素见状，咬住老张头的衣领，用力一撕，叼着一块衣领，赶着一瘸一拐的野猪消失在森林深处。

大概到了下午，老张头听到有动静，睁开眼，看见阿素带着一群林业站的同事赶来。老张头说："从那一次起，我走小路都要带一根木棍探路，谁知道前面有没有陷阱。"

我笑着说："那你要感谢阿素救了你一命。"

老张头说："不知道它把野猪赶到哪里去了，是放生了，还是吃了，谁知道呢。"

我们走过了杉树林，到了半山腰。半山腰有一户人家。老张头指着农屋说："方圆几十里，就这一户人家，他家以前是靠打猎为生的，后来政策变了，他家划归到了林场，在林场做事到退休，再后来老伴死了，儿子外出打工，就剩一位老头。"老张头拉着我去他家歇一歇脚。

老头见了我们来，像是许久没见过人一样，隔着老远向我们招手。我们走近了，他比画着手势，像是在打招呼。

老张头连忙问好。

我小声问老张头："他是聋哑人？"

老张头摇头说："会说话。可能是一个人待多了，他不爱说话。"

老人把我们带进屋子，他找了几个杯子，给我们泡茶。

老张头说不用，自己带了茶。

老人还是坚持要泡茶。

老张头拿出了一张宣传海报递给老人，说我们是来宣传森林防火的，用明火要万分小心。老人点点头，端着海报仔细地看完了。然后，指了指身后的墙，上面贴满了各个年代的海报，最上面一层的海报也都落满了灰尘。老人钻进厨房找了一小碗饭粒，揉碎，然后抹在海报后面贴在墙壁的正中央。

老张头向老人竖起了大拇指。

就在这时，一只小白狗闯了进来，它先是屁颠屁颠地围着老人跑了一圈，然后无视老张头，绕过了他，蹲在我的面前瞪着我。我伸手抚摸了一下它的背，它立马躺下，让我给它挠痒痒。几只小狗从门外滚了进来，小白狗马上起身，跑过去舔着小狗。那是小白狗的孩子，却全都是黑色的。

老张头一看，说："没错了，这就是阿素的种。"

我反问说，"你怎么知道?"

老张头笑着说："这山上哪有其他的黑狗。"

看着我一脸蒙，老张头讲道：这条白狗本是镇上卖鱼丸子的花婶子家养的狗。后来被阿素看上了。阿素经常去找它。起先白狗不愿意，根本不搭理阿素。白狗心有所属，是隔壁家的一只土黄狗，两只狗住得近经常依偎在一起，甚是暧昧。这档子事，花婶子也默许了，毕竟她跟隔壁家的关系比较好。两只狗甜甜蜜蜜的，本来没阿素什么机会，但是阿素，你知道，它看中的东西普遍不松口，那一条大街上的五条母狗，四条都跟它有染，它却偏偏在乎小白狗。

后来，有一次，村里的一群野狗上街了，有个七八只，到处你追我赶，一时间大街小巷的狗都叫了起来，吵人得很，领头是一只灰狗，它看中了小白狗。

它们先把小白狗从家里引出来，然后追赶到角落。小白狗无处可躲，野狗带着小弟向小白狗凶狠地走去。就在这时，黄狗找来了，野狗叫了一声。灰狗回过头，对黄狗一声凶叫，黄狗吓得低下头。灰狗将小白狗按在胯下，小白狗瑟瑟发抖。就在这时，花婶子出现了，她拿着铁铲子，对着灰狗一铲子打下去，灰狗疼得嗷嗷叫，一下子乱了阵势，带着狗群撒腿就跑。

从那之后，小白狗对黄狗的态度大为改变了，变得不理不眯。黄狗常常蹲在花婶子门前，默默看着小白狗，不敢靠近。小白狗当着黄狗的面，向阿素投怀送抱，每当这时，阿素就起身离开了，似乎这不是它想要的。野狗在镇上聚集，有人联系了狗肉贩子，那几天，狗肉贩子在街上抓了好几条野狗，大家拍手叫好，装烟送水的。谁料狗肉贩子走的时候，顺带摸了十几只家狗跑了，等镇上的人发现的时候，电话也打不通，追也追不回来了，气得只能骂他王八蛋了。

黄狗也被狗肉贩子拖去了。等小白狗发现黄狗不见了，性情大变，像是变了一只狗，易暴易怒，逢人就龇牙咧嘴地叫唤，还在家里一通乱啃。花婶子实在受不了，想一铲子把它拍死算了。

原来小白狗是在乎黄狗的。

这时，阿素出现了，它对小白狗吼叫了一声，小白狗愣了一下，像丢了魂一样。阿素把小白狗带走了。

我笑着问老张头："你说得这么精彩，你又没看到，谁跟你说的。"

老张头说："花婶子说的，她说十句话，你可以信八句。"

我追问他："后来呢？"

"后来不就在你跟前，"老张头指着小白狗说，"可能是用什么方法吧，反正把它的情伤治好了。"小白狗见老张头指着它，狠狠瞪了他一眼。

老张头说："这狗见了以前的熟人，它装作没看见，见到生人反而亲密了起来，真不知阿素是怎么教它的。"

老人把茶端了上来。我们喝了一口粗茶，感觉身上的暑热解了不少，神清气爽。老人说茶里加了金银花。

3

在老人家喝完茶水，我们准备出发了。出发前，老张头让我给脚踝抹风油精。再往上走，林子里的蕨类植物就多了起来，总会有这虫子那虫子的，要是咬了一口，不是疼就是痒。听了这话，我连忙将风油精抹满整个大小腿，在运动鞋上也撒了许多。

沿着林业小道，我们走了半个小时。我埋头走路，衣服都汗湿了，整个人气喘吁吁。树木被热气拉得老高，似乎树皮的缝隙都往外冒着烟，喷着火，不仅如此，树木像中了邪一样，纷纷往后移动，形成了一扇巨大的木门，重重地将我关在门头。我跑到门前，疯狂地敲门，大声呼喊着老张头的名字，让他开门放我进去。我的声音在森林中反复回传，变成了一声声噪声，在我的耳边不停地回荡。我着急得要跳了起来。就在这时，我听到了一声狗叫，两声，三声，我回过头一看，一只黑狗从树上跳了下来，向我飞奔而来。我第一个想法：那就是阿素。我情不自禁地大声喊着阿素的名字，用急促的语速，快速地向它抱怨：我被关住了，快想办法带我离开。阿素对着我一顿狂叫，像是在说，它自有办法。

突然，老张头出现了，他往我脸上泼了一盆水，我立即清醒了，定睛一看，原来老张头把矿泉水浇在我的头上。

老张头解释说："你看你的脸绯红，差点就中暑了，赶紧补水。"

我喝了一整瓶矿泉水，又喝了两瓶藿香正气液。我擦了擦脸上的汗水，跟老张头说道："我看到了阿素。"

老张头问："你见过阿素？"

我摇了摇头。

他转过头，扫了一圈周边问道："阿素在哪儿？"

我说："在脑子里，我刚刚看到的。"

老张头哈哈大笑，说："你怕是热坏了脑子，这个责任我可担不了。"

我说："我刚才像是做梦一样，出现了幻觉。"

老张头说："有些植物一热起来就启动了保护机制，释放一些物质，容易让人产生幻觉。你把风油精放在鼻孔边，时时提神。"

我问："还要走多久的路？"

老张头说："坚持住，还有半个小时吧。"

我整理好状态，重新出发。我对老张头说："你知道我刚才在危急的时候，第一时间想到了谁？"

老张头说："那肯定是我！"

我说："我想到的是阿素。不知道怎么了，阿素猛然出现在我的头脑里。"

老张头笑了笑，说："我也有同感，我遇到什么事，总希望能遇到阿素。"

我说："真奇怪！"

老张头说："可能因为它比较强大吧，在我们这儿，肯定好多人都有这种感觉。可能是每次出什么事的时候，那狗子总能第一时间出现。"

我说："我总感觉阿素有点奇怪。"

老张头说："是不是感觉它不是一只狗子，而是一尊神。要是在封神榜里，它能匹敌申公豹。"

我说："那倒是可能，村民等会儿都供奉起了阿素，以求保佑。"

老张头说："这说到点子上去了，镇上的人都怕得罪了阿素，所以不敢在老院主面前说阿素又是吃肉，又是三妻四妾，又是到处乱管闲事。老院主还当阿素是一只老实的看寺狗。"

我哈哈大笑一通，身体也轻松了起来。

半个小时后，我们终于到了广化寺，我连内裤都湿光了，顾不上劳累，我开始东瞄西看，寻找阿素的影子。广化寺面积不大，就一进一出的院子。一眼就望穿了。

老张头敲开了敞开的寺门。老院主出来了，一见是老张头，便知道来意，笑着说："我这寺院你又不是不知道，历史上三次毁于火灾，早年就定下了规矩，不烧纸、不点香，防火第一位，这么热的天，你还大老远跑一趟。"

老张头笑着说："谁叫你这挨着林场近，处于防火第一梯队，一有防火任务，肯定是要第一个来。"

老院主说："快进来喝口水吧，我们这儿还有自己种的黄瓜，用冰凉的井水泡着，凉滋滋的，吃一根？"

老张头见着我找阿素的样子，便对老院主说了起来："你家阿素呢？"

老院主没有回答，径直把我们引到了寺庙的厨房，给我们一人一根黄瓜。老院主说："阿素也爱吃黄瓜，吃起来咀嚼得嘎嘣响。"

三年前的冬天，不知从哪儿来了一只怀孕的母狗，拖着大肚子，上面的奶头都鼓起来了，因为找不到食物，它蹲在墙根下哀嚎。老院主见它可怜，就打开门想让它进来取暖。它坚决不进门。老院主拿棍子驱赶，它也不进去。没办法，老院主只能在它周边放了一件旧衣服和稻草来御寒，又给它一些馒头和土豆。它狼吞虎咽，吃饱了就躺在稻草里，没再叫了。

到了晚上，老院主听到了一阵哀嚎声。他以为母狗快生了，赶紧拿起电筒，出门探看。刚一开门，一个黑影飞驰而过。老院主吓了一跳，定睛一看，原来是一头黄狼咬着母狗拖拽。他后退几步，顺手从门后拿出一根铁棒，对着墙角不停地敲打，黄狼吓了一跳，转身就逃跑了。

老院主走过去看了看母狗，母狗已经死了，肚子里肠子被咬了出来，血流了一满地。老院主心想，小狗崽怕也没得活了。他用手中的铁棒，轻轻地翻了翻母狗的肚子。这时肚子动了一下。

老院主找来了剪刀，在母狗的肚子里掏出了三只小狗，两只已经死了，一只黑色的偶尔才动弹一下。老院主喂了三天的米汤把黑狗救了下来，取名为阿素。

老院主笑着说："阿素就爱吃土豆，煮熟的土豆可以吃三个，就是懒，天天躲在山上睡觉，看不着狗影。"

我们一边吃着黄瓜，一边聊着阿素。

老张头又追问了一遍："阿素哪儿去了，莫非又去山上睡觉去了。"说完，向我挤眉弄眼。我心里清楚，老张头示意不要说漏了嘴，此时此刻，阿素可能下山去快活了。

老院主说："阿素不见了，奇奇怪怪。"

老张头说："没事，说不定晚上就回来。"

老院主捡起地上的碗，里头还放了三个煮熟的土豆，这应该就是阿素的狗碗吧。老院主说："它已经半个月没有回来了，这是从来没有过的！"

老张头惊讶地说："半个月没回来？"我看着老张头的表情，猜他心里肯定想着：那狗东西怕是在外面玩花了心。

老院主说："起先我以为阿素是懒，躲在山里睡觉，便满山地找，找了半个月没有看到它的踪迹。不由得担心起它的安危，这山上什么野物都有，连我都时时提防。"

老张头说："这你倒不用担心，就阿素五大三粗的个头，都是野物怕它。"

老院主说："不怕一万，就怕万一，后来我想到了一件怪事。"

半个月前，阿素引回了一位老道。老道见着老院主，连忙说，他是从隔壁省来的，专程登顶大别山，敲一敲万福钟，谁知走到半路迷路了，幸好遇到阿素，引到寺庙来讨碗水喝。

老院主泡了热茶。老道不喝，他钻进了厨房，喝起了井水。老院主说，幸好我们的井后方有一眼泉，才不至于断水，但眼见着泉水要枯竭了。这么热的天气，听香客说，连片大旱，许多井都出不来水。

老道说，沿路的旱情我都看到了，树都晒死了不少。

老院主说，难呦！阿弥陀佛保佑！

老道说，我听闻师祖曾闲谈说过，大旱，乃上天有惩戒，戒不消，旱不止，唯一法子是求龙王开恩降雨。

老院主说，你的意思是？

老道说，用"牺牲"祭奠龙王。

老院主说，牺牲是活物？

老道说，活物！

老院主摇头，太杀生了，不行！

老道说，又不要你杀生！

老院主说，太迷信了，要不得！

老道说，你个和尚还说别人迷信，你仔细想一想，要是救一场旱，得积多少功德。

老院主说，你又不修佛，要功德干甚。

老道说，我自有道。

老张头拉着老院主激动地说："是那老道……"

老院主摇头说："我看着老道走的，走了就再也没有回来了，只不过老道走之前，当着阿素的面胡说了一通鬼话，阿素直摇尾巴。那家伙骗不了人，光骗狗！"

老张头猛然悟了，急忙说："你的意思是……"

老院主摇摇头说："二七是十四天，今天是第十五天了。"然后抬头看了看天。他都看了一天的天了。

我们也愣愣地望着天，等了许久，老张头说："开玩笑，这大旱的天，怎么可能下雨。"

老张头刚说完，天上打起了雷，过了十分钟，阴云密布，阵雨从天上落下来了，雨越下越大，像是泼水一样，老院主慌忙地从厨房跑了出去，不顾浑身打湿了，一边淋着雨，一边摊开手，接着雨滴往脸上抹，如同多时没见过雨一样，兴奋地喊着，再多下一点。然后淋着雨，痛哭流泪。

老张头也跟着不由得忧伤了起来，他小声地对我说："但是你有没有发现，时间隔了一天。"

"阿素怕也考虑了许久，或许想了一整天。"

阿素在想什么呢？可能是它的三妻四妾，可能是它的牛肉面，可能是它的孩子，或许还有卫生所的那群老头子，它应该是有所依恋，才反复思虑的。

　　"它真不像一只狗！"

　　我接收到了一条信息，防火宣传工作暂时取消，根据后续雨情再拟。县里计划多发射几枚增雨的炮弹，让这场来之不易的雨完全落下来。

楚乡民谣

再次回到民建街，阿亮已经找不到新华书店前那位卖麻辣粉的老伯。老伯好老，一头白发，胡子也是白的，可能有八十岁吧。老伯就坐在木凳子上，跟前摆了两个铝桶，里头装着煮好的麻辣粉。老伯用半米长的筷子夹粉条，粉条是苕粉，滑溜溜的，老伯虽然手不停地抖动，但是总能一夹一个准，夹起长长的一根粉条，放进塑料碗里，一碗只要五角钱，便宜又好吃。阿亮沿着民建街转了一圈，原先老伯卖粉条的地方被一排收费停车位取代了，没吃到麻辣粉，他在那儿站了一会儿，越想越馋，阿亮从口袋掏出口香糖，像是掏出一个打火机，熟练地将其放在手掌里翻转了一圈。他早已经戒烟。阿亮咀嚼着口香糖，想到第一次抽烟还是满十八岁的那天，同桌小芯从家里偷了一包黄鹤楼的烟送给他当礼物，不只是香烟，还有一个防风的打火机。那是一包好烟。阿亮学着学长们的样子，偷偷拿到县一中后山的厕所里去，一边蹲坑，一边抽。第一次抽烟被呛到了，抽了半根就扔了，真可惜。等他从厕所里出来，似乎有谁喊了他一声，回头一看，后山上种的十几棵栾树已经开花了，黄灿灿的一片，被微风吹拂，一枚枚亮黄的花朵像是波浪一样流动，从天上往下流淌，流落在阿亮的头上、肩上，将他完全淹没了。他闭上眼睛，听到了水流。水是从山上流下来的，带着深幽处兰花的香气，随着哗啦啦的水流声，传来了一阵阵竹管吹奏的声音，从无到有，从模糊到清晰，仿佛吹奏的人就在跟前。阿亮急迫地想要睁开眼睛，眼睛却不听使唤，怎么也张不开，他双手揉着眼睛，一丝亮光都没有，乌漆墨黑的一片。很早之前，阿亮就听过巴河女神的故事。楚昭王的女儿从小英勇过人，拜了越国人为师学习舞剑。那年，吴人进犯，公主身披铠甲，手持长剑，与敌人在巴河苦战，最后寡不敌众，战死在河边，公主化为了巴河女神。女神因为思念楚王，怀念故土，手中长剑化为了箎，她常年在河边吹着箎，演奏着记忆里的楚乐。箎声有时候化为了阵雨，洒在新春的笋尖上，长出一棵棵适合做成箎的薪竹。有时化为了一阵风，荡漾在大别山的松林里，那里埋着她的士兵。

突然，摩托车刺耳的喇叭声让阿亮回过神，是位送餐的外卖小哥，他提醒阿亮走路要看路。阿亮才发现自己走到了马路的中间。他后退了几步，街道上行人无几。他发现马路牙子上有一枚栾树的花朵，于是捡了起来。花蕊由三片花瓣包裹着，里面是一股熟悉的气味。四周也没有栾树。阿亮嗅了嗅花朵，苹果汽水的味道。阿亮抬起头，一眼看到了马路对面的诺曼底网吧的招牌。招牌破了一个大洞。阿亮以前经常在那家网吧包夜，父亲咬牙切齿地把他从网吧里拎出来，狠狠地踢了他几脚。有一次，父亲踢到了他的尾骨上，他的"尾巴"疼了好久，一坐下就疼，别人都说他得了痔疮。阿亮好奇地走了进去，穿过一段小巷子，里头是一个宽大的院子，阿亮记得以前还有一家美容店，院子里晒着一堆花花绿绿的毛巾。现在这里竟然改成了一家烧鸡公的餐馆，桌子摆到了院子中央。已经到了吃饭的点，这里一个人都没有，看来生意并不理想。老板娘瞧见阿亮走进来，便热情地招呼他，问他几个人。阿亮始料不及地说，一个人。老板娘把他领到一号桌旁，给他倒了一杯茶水。老板娘像是认识他似的，喊了一句，还是原样的？阿亮怔了一下，他抵不住别人的热情，也不知道怎么接话，就点了点头。老板娘钻进了厨房。阿亮望了望网吧的入口，门上套了一个大铁链子。他和小蕊第一次接吻就在网吧。他们一起玩炫舞的游戏，连续三次满分通过了《快乐崇拜》的歌曲卡点，他们激动地拥抱在一起，一瞬间就亲吻了起来。小蕊嘴里作芝士的味道，香香的，他们之前点了芝士披萨的外卖。亲完之后，小蕊第一反应，这不作数，我们只是友谊之亲。阿亮嗯了一声。小蕊说，反正让你占了便宜，也不许你到处去说。阿亮同意地点了点头。

没一会儿，老娘娘就端上了一个烧鸡公干锅，一份青菜，一瓶二两半的小劲酒。店里没有客人，老板娘坐在阿亮旁边嗑着瓜子。她问，你什么时候回来的。阿亮说，有两个月了。老板娘问，之前在哪儿。阿亮说，在深圳。公司是做视频剪辑的，他们在控制成本方面很有经验，在秋天开始大量裁人，等下一年的春天再招聘一批新人，新人有三个月的实习期。阿亮骂了一句，那些老板都精明得很。老板娘问，那你为什么不回来工作。阿亮说，回到小镇能有什么工作。老板娘说，可以去干化工厂，那是小镇唯一一家进入新三板的上市公司，工资待遇不错。阿亮不感兴趣。他吃了一块烧鸡肉，太柴了，很难吃。三日前，阿亮躺在床上，日夜躺着，中间只吃几顿外卖，每天下午五点左右，小蕊会给他打一个电话。小蕊之前是做编程的，长时间熬夜太累了，去体检，才发现血糖高，尿酸高，她最近从互联网公司辞职了，想在家调一调身体。他们两人胡乱地聊着微博热搜，然后就是讨论晚上看哪家的抖音直播带货，薅零元购的羊毛。最近有几个主播冲数据，福袋里头礼品很豪气，什么品牌洗面奶，什么筋膜枪，然后挂在咸鱼网上卖出去，还能挣个餐费。小蕊说，上次我抢了两包婴儿纸尿裤，转手卖了 120 元，挂网的时候，我在产品下面备注了可小刀（少量讲价），那位宝妈一句话不说，直接拍了，还一个劲谢我，果真宝妈的钱容易挣。阿亮说，反正空手套白狼，能卖出去就挣到了。他羡慕地说，我最近抢到的不是一元钱两包的抽纸，就是一元钱四瓶的可乐，一元钱的进账都没有。小蕊笑着说，要说抽纸，我抢得最多，几百包，我家柜子都被塞满了。阿亮说，我都不稀罕抢纸巾了。小蕊说，我倒是希望抢一个兔耳朵，抢那个的人太多了，还没点开链接就已经秒空。阿亮问她，那兔耳朵在闲鱼上肯定挂了很多，售价也不低。小蕊没作声，显然她不是为了卖兔耳朵才去抢的。阿亮说约她出去吃麻辣粉。小蕊借口家里有事没去。阿亮问她，不喜欢吃吗？小蕊说，真的家里有事。阿亮关掉手机，望着屏幕熄了，映出自己的模样。头发油腻腻的，横七竖八。他上个月染的黄发已经长出了黑发。阿亮抓了抓头发，立马从床上跳了起来，去厨房洗了个头发，特意多给了点洗发剂，然后用吹风机吹。他摸了摸下巴，又刮了一个胡子。窗外放着马頔的民谣，阿亮猛然想到了还有一把吉他。阿亮冲到了床边，搜出了吉他盒。他打开一看，吉他的弦都松了。那年暑假，他跟小蕊一起去学吉他，小蕊学会了，都可以弹《童年》了，而他一直学不会 F 和弦，要么是大拇指按不住，要么是小拇指扣不住。小蕊见状，跟他说，你要是学会了，我就答应你一件事。阿亮想都没想，那我们一起去吸铁砂吧。巴河进入冬季，河水就干涸了，露出沙床，经过河水冲刷的沙子，颗粒圆滑细腻，踩上去冰冰凉凉的，柔软舒服，如果没什么事的话，他们会悠闲地躺在沙子上一下午，躺累了，就蹲在沙地上用吸铁石吸铁砂，然后将铁砂从吸铁石上扒下来，放在白纸上，吸铁石放在白纸下。在纸下拉动吸铁石，纸上的铁砂像跳舞一样跑来跑去，呈现出奇奇怪怪的形状。阿亮喜欢玩铁砂，他能玩一两个小时，小蕊就端着白纸，他就乐呵呵地移动着吸铁石。

阿亮不喝酒，把二两半推到老板娘的跟前。老板娘看着酒咧嘴笑了笑。她拿出了两个小酒盅，先满上一杯，一口干了。老板娘说，别小看这两个酒盅，这是我母亲给我的，她说是龙泉陶的，要留给女婿。老板娘给阿亮也倒了一杯酒。阿亮不肯喝，他可是滴酒不沾，有一次，小蕊要过立夏节，阿亮也迷糊年轻人都过洋节，她为啥过个没怎么听说过的节日。小蕊把阿亮约到自家的楼顶，她家可在九楼，还没电梯。阿亮走得腿都疼。等他到了楼顶，小蕊拉着他爬上了通风管，到了冲屋的顶，上面摆满了太阳能热水器的储水桶。小蕊悄声地说，这里最为隐蔽。阿亮低头一看，一排储水桶之间，真有一尊巴河女神的神像，她身披战甲，怒目圆睁。小蕊指着神像说，立夏节是祭祀巴河女神的，你看她神气不，这可是我奶奶的宝贝，我从小光想着女神舞弄刀枪的场景，就觉得太帅气了。阿亮说，你把你奶奶的神像偷出来，她不骂你吗？小蕊说，那不打紧，我把我弟奥特曼的玩具放了上去，我奶奶白内障，才看不清神龛上放的是什么。小蕊嘴里学着奶奶的样子，唱着祝词，然后拉着阿亮一同跪着，求巴河女神保佑。阿亮问她，保佑什么。小蕊说，保佑我大姨妈延期一百年吧，还有，胸也要噗噗地长，那些狗日的都说我是大平胸。阿亮扑哧笑了。小蕊瞪了他一眼，大声吼道，不许看我的胸。阿亮说，我没看！小蕊说，也不许想。阿亮说，我也没有想。小蕊从包里拿出了两罐乌苏啤酒，她打开了盖，塞给了阿亮一罐，自己大口喝了起来。她喝了好几口，打了一个大大的嗝，真舒服呀。然后转头望着阿亮。阿亮不得不硬着头皮喝了几口。很快阿亮浑身瘙痒，他掀起衣服一看，皮肤上都是大块的红斑，他轻轻抓了一下，出现了红色的抓痕。阿亮说，过敏了。小蕊说，没事，那是你酒喝少了，喝多了就跟我一样啥事没有。阿亮还是不敢喝。小蕊拿起啤酒就要灌他。阿亮没办法，忍住瘙痒，又喝了大半瓶。两人躺在储水罐之间，天空也只露出了一小半，飞过了几只白鸟。小蕊说，好无聊呀。阿亮说，是呀。小蕊说，都无聊的话，我们亲嘴，好不好。阿亮害羞地笑了。小蕊瞪了他一眼，我才不跟你亲，亲嘴好无聊，谈恋爱也好无聊。阿亮说，那什么不无聊。小蕊想了想，就这样躺着，脑子想着有的没的，工作怕不那么无聊吧。阿亮同意地点了点头。小蕊说，以后，我肯定不想工作了。阿亮说，我也不想工作。

老板娘掰开阿亮的嘴，强行灌了一口白酒下去。老板娘说，大老爷们不喝酒，那岂不是要废了。果然，阿亮的皮肤开始痒起来，他从脚肚子抓到后背。

老板娘见阿亮抓痒去了，她觉得好笑，又觉得悲凉。她自顾自地讲起了自己。老板娘以前在广东开洗脚店，那生意真好，来来去去都是工地上的河南佬。有一次，一位前来洗脚的河南佬，身上没有带钱，他说工地老板欠的钱没有发，他带了一只小狗抵洗脚的费用。老板娘忙了半天，竟然没有一分钱，本来气炸了，要骂娘。她看了一眼那只小狗，浑身白色，眼神清澈，可可爱爱的。小狗对着老板娘不停地吐着舌头，还叫了两声。老板娘的心都要化了。河南佬是在工地上看大门。他解释，小土狗是工地上捡的，母狗生了两只小土狗，一只灰色的被收手机的捡去了，这只白色的，他看着顺眼，就捡回来了。河南佬说他要回老家了，反正来这边也搞不到钱。老板娘迟疑了一下，还是接过了小狗。见它浑身都是乳白色的，像极了旺仔牛奶的颜色，就给它取名为旺仔。旺仔围着老板娘转呀转，转得她头晕，又不停地咬她的鞋子，那可是一双新鞋。老板娘打了狗嘴，旺仔嘟囔着嘴，生气地朝向另一边坐着，不理人。老板娘说，这狗子真犟！老板娘怕它乱跑，就把它系在门边的铁链上。它就一直咬绳子，一直叫唤。老板娘本以为它一会儿适应了就会消停，哪知道那只笨蛋狗一直叫，叫到岔气了，还在哼哼，最后睡着了，也在哼叫。老板娘趁它睡着了，轻手轻脚地解开链锁，旺仔猛然惊醒，跳了起来，像是受了惊吓一样，一边叫，一边往外头冲。老板娘怎么喊旺仔也没有用。它跑了。

　　阿亮浑身瘙痒难忍，他打断了老板娘，问有没有过敏药。老板娘让他再喝一杯，就可以解痒了。阿亮又喝了一杯。这股酒劲真像小蕊弹吉他，难听死了。阿亮虽然学吉他比较慢，但是他唱歌还不赖。每年，村里祭祀巴河女神的时候，他都要跪在地上，跟着唱祝词的节奏，敲打着铜锣。他听着祝词的意思，大概是公主在战场上遇到了教她剑法的越女，只不过越女是吴国的军师，师徒二人势必决一死战。两人大战几十回合，不分胜负，就在关键时刻，越女嘴里唱起了歌，是楚国的歌，旋律悠扬婉转，以此来分散公主的注意力。果然，公主被楚乐打动了，剑法出现了破绽，被越女刺伤。阿亮撩起裤子，他脚背上有一道疤痕。

小时候，阿亮和小蕊经常在河边沙地上扮演着公主和越女。小蕊是越女。阿亮是公主。阿亮头上戴着柳条编的花环，小蕊头上系着方巾。两人用枝叶追逐打闹。每次都是阿亮完败。失败的要学蛤蟆跳。玩累了，阿亮脱掉鞋子，将脚放进河里，河水在夕阳的照射下，波光粼粼。河水吸吮着小脚丫。他轻声哼唱着音乐，这些旋律并不是他从哪儿学来的，像是河水带来的，顺着他的脚，上升到脑子，他就唱出来了。阿亮问小蕊，以后我们会结婚吗。小蕊摇头说，不会，不只是你，我不会和所有人结婚。阿亮当时信了，他在考虑自己是否也不结婚。然而，小蕊却谈了好多段恋爱，差不多隔几天就要换一个男朋友。这就让阿亮苦恼了。小蕊说，这有什么的，你想一想，铁打的阿亮，流水的男友，我一直在你身边。阿亮心想，确实是这个道理。所以，当阿亮学会了吉他，来到河边的沙地，弹了一曲马頔的民谣。他本想弹给小蕊的。小蕊硬说他没有学会，不听阿亮弹的吉他。阿亮就不弹了。小蕊又不干了。她让阿亮弹给巴河女神听，说不定女神会现身。小蕊捂住了耳朵。阿亮认真地对着巴河弹吉他，他不仅弹，还唱了起来，唱的是河水漂来的那些曲子，那些故事、那些歌词、那些旋律他信手拈来。阿亮把脚埋在沙里，感受到脚板传来的沙子微弱磨动，似乎是古老的听众跟他产生了共鸣。他在怀疑，自己哼唱的是很久以前的歌，楚国的歌。就在这时，阿亮的脚被咬了一口，疼痛难忍，他赶紧从沙地里抽出脚，只见有几个鲜红的口子。小蕊见状，赶紧去扒了扒沙地，并没有找到真凶。不是蛇，不是蜈蚣，不知道是什么东西。小蕊生气地对着沙地破口大骂。好在止血之后，阿亮就不那么疼了，他劝小蕊算了，别嚷嚷，免得心烦。小蕊以为阿亮要死了，哭哭啼啼的。她可是不轻易流眼泪。好在最后阿亮也没什么大碍，只不过，脚板还是留下了咬状的伤疤。

阿亮吃了一大坨肉，缓解胃里的酒劲。读大学，阿亮和小蕊都在武汉藏龙岛，阿亮的学校隔着小蕊只有三站路，阿亮主动找她的次数屈指可数，他们都是靠网络联系，微信聊天视频。有一天，阿亮去杂货店买了一个洗脸盆，塑料的，他看盆的中间有一条鲤鱼，不知怎么了，他就想到了巴河，想去找小蕊。于是阿亮拿着塑料盆，坐了三站的公交，到达了小蕊的学校。他并没有打电话给小蕊，只想看看小蕊在做什么。他在食堂找到了小蕊。小蕊正在吃炸韭菜。他就知道小蕊是个吃货，不是在食堂，就是在去食堂的路上。炸韭菜非要一根根的吃，要是吃错了，最后连带着几根撑在嘴里嚼不烂。小蕊找错了韭菜头子，一大把韭菜都吃进了嘴里，嘴被撑得老大，她坚决不吐出来，反而咀嚼得更欢了。阿亮大喊了一声小蕊，小蕊一惊，吓得一团韭菜囫囵吞了下去。咽得眼睛都翻白了。阿亮赶紧买了一瓶可乐给她。小蕊不要，阿亮又去买了一瓶啤酒，小蕊一口喝了大半瓶，笑着对阿亮说，炸韭菜配啤酒是最爽的。说完，小蕊连打了几个嗝。小蕊问阿亮，怎么跑到学校来了，还拿着一个洗脸盆。阿亮说，不为什么，突然就想来了。小蕊把阿亮带到了操场，操场上有一群学生在练习交际舞。阿亮问小蕊，有没有报什么社团。小蕊说，天天睡不够，怎么会有精力搞那些事。阿亮说，那你好好上课没有。小蕊说，反正不挂科就可以了。阿亮问，那你考研吗？小蕊说，不考。阿亮问，那你考公吗？小蕊说，不考。阿亮问，那你准备干什么。小蕊说，最好什么都不干。小蕊躺在操场的草坪上，继续说，就这样躺着，挺好的。小蕊望向阿亮，两人哈哈笑了起来，阿亮也躺到了草坪上。天空瓦蓝瓦蓝的，一片云朵都没有。小蕊说，这天空太干净了，云朵都去了哪儿。阿亮说，可能都被你垫在身下。小蕊配合地起身察看，什么都没有，你又骗人，是不是你把云朵藏起来了。小蕊说着就压着阿亮的脖子打闹，阿亮反抗地把头埋进胳膊。小蕊质问他，你快说。突然，阿亮直起身子，一把抱住了小蕊。小蕊没有挣扎，她静静地看着阿亮。阿亮又抱紧了一点，小蕊还是不动。阿亮放开小蕊，起身提着洗脸盆走了。

　　阿亮身上的瘙痒好多了，他掀开衣服，红色的抓痕依旧在。阿亮主动倒了一杯酒，他见老板娘的酒盅空了，又给老板娘倒了一杯。阿亮说，干了吧。老板娘笑了笑，一口干了。老板娘说，那些鬼男人跟狗一样，在外面没碰到好，又跑了回来。冬至的那几日，连下了几场大雨，夹杂着雪子，旺仔湿漉漉地站在门口，一顿狂叫。老板娘本来不打算理它。旺仔叫得更欢了。它是一只犟狗，不理它的话，它会叫一整晚。老板娘就把它放了进来。旺仔乖了几天，天天围着老板娘脚下转，啃她的脚。老板娘心软，见它还是睡在康师傅泡面的纸壳子里，就给它在拼多多上买了一个狗窝，才19.9元。她又打电话问了宠物店的，打一针狂犬疫苗要80元，但是狗要满三个月。老板娘问，怎么判断狗有三个月，宠物店的说，看狗换没换牙就可以了。老板娘掰开狗嘴，摇了摇狗牙，狗牙又细又尖，大概狗还没长到三个月。老板娘抚摸着软软的狗毛，她已经想到了，要养旺仔十年，十五年，狗的寿命二十年的话，她要养二十年。旺仔虽然是个土狗子，她可当洋狗子养，牵出去照样是个好宠物，带着旺仔去散步，去逛超市，一起变老。阿亮拿起酒瓶，又给老板娘满上了一盅。酒喝完了，阿亮对老板娘说，再拿一瓶。老板娘乐了，说道，你这小趴菜，喝酒不行，还要喝。

阿亮说，再喝一点点。阿亮望着手上的青鱼舌头。昨天，他背着吉他去了一趟山里。他本房的亲戚，八九十岁，在吃席的时候，听说他会唱歌，就非要送给他一件东西，拗不开亲戚情面，他就去了。亲戚住在大山里。大巴只到山脚，他沿着小径往前走，转个弯进入了森林。春天早就来了，栎树长出了一片片嫩叶子，阳光透过树叶折射出青色的光。阿亮走了几步，脚下发出咯吱的响声，他以为是烂树枝被踩断的声音，却又不一样，细细听来了，是烂叶子覆盖着残冬的逃亡者发出的微弱鸣叫。扑通一声，阿亮一看，一头母野猪带着一群小猪冲进池塘里。野猪瘦得只剩骨架了，它恶狠狠地瞪了阿亮一眼。阿亮吓呆了，不知所措，还好野猪径直从阿亮的身边走过，他只听见小猪崽哼哼唧唧的声音。阿亮换了一条路。翻过一座山才来到亲戚家。亲戚家在山腰，只有他一户人家，后面是一片竹林，前面是一口塘。阿亮敲了敲门，无人响应，家里怕是没人吧。他已经提前联系好了，亲戚却不在家，阿亮有些担心亲戚，手机在山里没有信号，他联系不到外面也没有办法，只好坐在门口等待。对面是山，连绵起伏的大山，空寂无人，山从残冬的枯黄渐渐染绿，一阵阵风送来山林深幽的清凉，有鸟鸣，有兽叫，阿亮却感到格外孤独。他搂碎了一根陈年的稻草，从背包里拿出了吉他，调试了一下音节，开始弹奏，他没有弹那些已经写在纸上的曲谱，随心所欲地弹奏，随心所欲地哼唱。阿亮晓得，这片山脉曾是楚国公主练习剑术的地方，她不愿意像其他姐妹那样远嫁他国，于是她禀报楚王去镇守边境。楚王喝酒喝多了，正欣赏着舞姬跳的秦舞，没多想，给了公主令牌算是答应了。公主就带着一队家兵连夜奔袭，花了四天才来到了这里。公主看中了林子前的那块水池。一路车马劳顿，身体疲倦，便在水池更衣洗澡。洗完澡，公主突发奇想，拿出了剑，开始在水中舞剑，剑砍在水上，激起了一朵朵水花，泠泠剑声，惊落了竹林的叶子，公主一甩剑，剑尖穿过叶子的中心。阿亮走到池塘边，蹲了下来，他往手上浇了一点水，水也是冰凉的，他一不小心，掉入了水池，他通过水，听到万物都在发出声音，好的，不好的，悦耳的，刺耳的，各种声音交织在一起，融汇成一股杂乱刺耳的噪声。他捂住了耳朵，眼睛猛然睁开了，眼前竟是一位长发飘飘身穿白纱的女子，她吹着箫。阿亮捂住了耳朵听不了箫的声音。他打开耳朵，眼睛就紧紧闭住。眼睛看和耳朵听只能二选一。阿亮思来想去，他闭上了眼睛，又捂住了耳朵，一切都消失了，是无尽的黑，是无垠的空间，他感知不了一切，除了自己的心跳。他回到了岸上，似乎看到了小蕊，揉了揉眼睛，竟是一块大石头。

喝了酒，阿亮的脸变得绯红。老板娘说，你这身体解毒功能太差了。阿亮又吃了一口烧鸡，真的太柴了，简直不像鸡肉。老板娘说，你知道我为什么恨那只狗呢。某一天下午，店子内来了一只狗，长得和旺仔一模一样，就是个头比旺仔高。

工地的工友说，那是旺仔的舅舅。旺仔的妈被狗贩子下了毒抓去了。现在一只小狗就要 500 元，大狗起码是 2000 元以上。它的舅舅是工地为数不多幸存的狗。旺仔嗅了半天才认出了舅舅，它喜得跳脚，从屋子里叼了一根大骨头给舅舅，舅舅三五下狼吞虎咽，它又跟舅舅撒娇玩闹。舅舅很懂事，一直在观察老板娘的脸色。老板娘并不想收养一只流浪那么久的狗，老狗不知道有什么病。何况它舅舅太丑了，一张地包天的嘴。老板娘从店里拿出扫帚，驱赶舅舅。舅舅起初不想走，蹲在门边，挨了好几扫帚。这可把旺仔急坏了，一直撕咬嚎叫。老板娘赶不走，就让工地的工友赶。工友踢它两下，它就老实，灰溜溜地回到工地去。旺仔不干了，它又开始不停地狂叫，给它系上铁链都不行，它要跟舅舅一起走。旺仔累倒在地，还嗷嗷地叫唤。老板娘说，那真是一只大犟狗，不听人劝。

阿亮哈哈大笑，他说狗怎么会听人的呢。说着阿亮打开了背包，里面有一个兔耳朵，他从咸鱼网上花高价买来的，旁边有一个红色包裹。红色包裹是他那亲戚托人带给他的。他打开包裹，里面是一根竹筷子和一个瓷碟。阿亮说，我看到这些家什，第一反应是去要饭的。仔细一想，我再怎么不济，亲戚怕也不会让我去要饭。今早听说，亲戚是唱八音头的，八音头是按八个曲牌清唱，音律变化多端，是楚国的遗音，说是那位舞剑公主带来的。老班子解散之后，亲戚就没再唱过了。阿亮抹去了瓷碟的灰尘，然后用竹筷敲了敲瓷碟，瓷碟发出清脆的响声，声音停止了，却不断地在他脑海里产生回音，他猛然想到了竹叶落下，又想到了水花激起，他想到了，和小蕊一起祭祀的女神动了起来，在流利地舞剑，剑过，发出唰唰的声音。瓷碟响的声音是公主在舞剑。阿亮快速地击打着瓷碟，他想着那些熟悉的曲调，女神在水里吹篪，他发誓确实听过，于是跟着唱了出来。歌词是他随意从记忆里撷取的，他选了一首中学语文课本里学过的诗：锦瑟无端五十弦，一弦一柱思华年。阿亮唱了一段。老板娘惊呆了，她问，你还会唱这个，我小时候听过，会唱八音头的人早就半截身子埋到地里了。阿亮说，我不会唱，我是瞎唱的。老板娘说，怎么可能，一听就是学过的，唱的都在调调上。阿亮连忙摆手说，真的是瞎唱的。阿亮的脸更红了。

老板娘喝了一盅酒。她还对狗的事耿耿于怀。她说，那只狗居然不认我。那晚，旺仔叫不动了，不停地咬铁链，它找到了一块破损的地方，使劲咬，终于把铁链咬断了。它头也不回地向工地跑去。外面的动静把老板娘惊醒了，她立马跑了出来，见旺仔跑了，她大声地喊着旺仔的名字。旺仔停了下来，回头看了一眼老板娘。老板娘以为旺仔回头要回家了，于是不停地大声喊旺仔。旺仔却没有反应，这时老板娘着急了，她赶紧向旺仔跑去。旺仔毫不留情，一溜烟地跑走了。老板娘跟在后头追，没有追上。老板娘竟然哭了起来，她说，我做错了什么，投入了感情，最后狗都不要我！阿亮听了这话忍不住笑了。老板娘瞪了他一眼说，我可受不了，我得做出点什么。阿亮问，你要做什么。老板娘说，做烧鸡锅。阿亮哦一声。老板娘问道，年轻人，你呢，你谈过恋爱没？阿亮顿时冷了不少，他摇摇头说，没有。老板娘笑了，说道，这么大的人了，都冇谈过恋爱，你都在干什么。阿亮轻声说，什么都没干，无聊。阿亮起身，酒劲上来了，歪歪倒倒地往外走，还好人算是清醒的。他走到巷子边，瞧见门口杂物堆上放了一个狗屋，像是洗过的，放在那里晒干净。那狗屋还是新的。阿亮突然觉得，烧鸡锅的鸡肉真的太柴了，似乎有点像狗肉，他也拿不准。他打了一个酒嗝，馊了的味道。那顿饭他可付了 98 元。

山水之间

1

　　文强将车停在湖边。这片地处城市远郊的湖，长满了巴茅，本名叫巴茅湖。巴茅是楚国的特产，曾经是上贡给周王的祭祀品。房地产开发商嫌"巴茅湖"这个名字土气，请来北方的大师改了一个名字，叫泽国。楚人都喜欢"泽"字，"泽"有祥瑞之意。改名之后，湖周边的土地都被圈了起来，做成了一排排别墅。老人住在靠近湖岸边的那一套别墅里。文强多次拨打老人的电话，始终没人接听。他烦躁地将手机扔到副驾驶座位，从车架上拿起一包黄鹤楼的香烟，抽了一支烟出来。文强望着不远处的巴茅，一支支茅秆子从岸边竖立起来，茅穗融成了一团，被风吹着，在空中来回飘荡。文强想到了自己在大山里的老家。爹说过，我们这一脉，不管走到世上哪个旮旯儿，终究会回到山里的。

那年文强十三岁，跟着爹去山里采摘草药。山林树密，空气潮湿，爹常年在山水之间劳作，湿气重，患有风湿，加之受过外伤，脚都变形弯曲了，每走一步都会疼，疼的时候，会重重喘息一声。爹多大的痛都能忍，忍得跟正常人一样，依旧坚持着上山采药。爹一瘸一拐的，文强默不作声地跟在后面，一步一步踩在爹的喘息上。进山的路上长满了巴茅。爹从地上捡起了一根木棍，左右拨动着巴茅，趁着巴茅分开的间隙，从中穿梭了过去。文强学着爹的样子钻进巴茅里，只是不太顺利，手背划了一个小口子。文强望着爹的背影消失在巴茅之中，他大喊了一声爹。爹像是没有听见并没有回应他。文强迷迷糊糊地往里头走，不知道走了多久，可能是几个小时，越走越远，越走越疲乏。他迷路了。这里到处都是巴茅，巴茅长得比他还高，他踮起脚，望向远处，依旧是巴茅，他似乎永远都走不出去。文强的手臂被巴茅的叶子划出一道道伤痕。伤口很浅，渗出淡淡红色的血液。他走累了，找了一个地势稍高的地方坐了下来，他舔了一口伤口，微微甜。他抬起头，望见远处拔地而起的山脉，那是大别山主峰。前不久，他在教科书上读到长在汉江边的诗人王家新的诗《在山的那边》，小小的心灵产生了共鸣。爹曾经带他登过几次山顶，他坐在山顶的青石上，望着连绵起伏的山脉，也发出过疑问，山的那边是什么？肯定不是铁青着脸吧。文强心想，王家新见过的山肯定跟他见过的山不一样。王家新说，山那边是海。他又没见过海，海是什么。海是非山，是很多很多的水聚集在一起，比河宽，比湖大。文强记得，爹跟他说过，水是山林的灵气。林子里的水形成了山珍，馈赠给山民。

大山的南麓生长着大量的赤松或马尾松，大多是百年以上的古松树，松林似海，郁郁葱葱。文强家世代种植、采集、炮制茯苓。茯苓寄生在松树的根部，吸收古松的精华，在水的涵养下，长成了白色的小疙瘩，被山民称为四时神药。茯苓祛湿，却治不了爹的风湿病。爹也舍不得吃自家的茯苓，拿到药铺换成了钱。

爹给文强讲，他们祖辈一直做茯苓生意。当年，山里的茯苓吸引了黄州和汉口的商人，他们通过水运，将其运出了大山。直到清末，他们家的茯苓依然通过巴河水运，穿过大别山崇山峻岭直到汉口，借道三千里汉江黄金水道销往西南和东南亚。茯苓守护了家族的岁岁平安、没病没痛的朴素愿望，也带来了实实在在的回馈，从汉江运回的煤油粮盐，改善了家族的生活，特别是运回的大量书籍，让家族看到了功名的希望，他们家族建立了私塾，先祖们一步一步考取功名，走出大山。爹骄傲地说，他的堂祖父曾经考中进士。他又叹了一口气，家族的人都靠着药材搬出了大山，时至今日，唯有我们一脉还在山里，依旧炮制着茯苓。文强问过爹为什么不搬出大山。爹沉默不语。文强也不知道爹为什么要待在大山。

这时寒风袭来，大风吹拂着巴茅，温度也降了下来，文强明显感到寒冷，畏缩成一团。他弱弱地喊了一声爹。他想到了爹给他讲过的故事。山里有妖怪，秋冬时才出现，专吃人脑子，长得像是一条鱼，悬浮在半空中，鱼翻着巨大的白色眼睛，透过白眼，能看见一堆骷髅。爹说，那是幻觉，妖怪吃了人，骨头都变了白霜，落在了树叶上、草叶上和野虫的鸣叫声上。突然，近处传来一阵叫声，文强吓了一跳，他感觉头上有风，像是有什么东西悬浮在空中一样。他偷偷地瞥了一眼，见到了一块白色的物体。文强心一紧，那或是妖怪的眼睛。人见了妖怪的眼睛就会变成一团白骨。他趴在地上，紧紧闭上了眼睛，他快要哭了。就在这时，爹的声音出现了。爹说，没用的小子，趴在这里干什么。文强见到是爹，欣喜若狂，他站起来拉着爹的手，这才敢转过身一看，原来头顶上有一只鸨。文强问爹是怎么找到他的。爹说，飘忽忽的，有那种感觉，走走就找到了。爹歪歪扭扭地扯着文强走出了巴茅堆。

文强不小心按了一声喇叭，他回过了神。烟还没点，他又从口袋里找出打火机，他点燃烟，抽了一口，呛到了。文强按下打火机，把打火机在跟前晃了晃，他想把眼前的巴茅点燃。让它们都烧起来吧！可以把这一整圈湖都烧得通红。

文强关了打火机。他靠在车椅上，闭上了眼睛。一只蓝色的鱼出现了，长度有五六米，悬浮在半空中，它缓慢地游动，尾巴敲打着车顶。文强将座位调至平躺位，打开了天窗。他见过蓝色的鱼许多次，这鱼的眼睛不是白色，是蓝色的，没有爹讲的那条鱼吓人，也可能这是一条鱼的两种形态。文强也不觉得奇怪或者害怕，只是睁大眼睛静静地望着它。那一刻，他浑身都是放松的，鱼仿佛散发着微光，显得那么耀眼，缓慢地游到他的跟前，然后亲吻了他的额头。文强睡意蒙眬，而鱼趁着他睡着之前，从他的额头钻入了梦境。梦境里，文强乘坐着蓝色的鱼，在一片奇幻的世界里遨游，眼前的景象如同水面一样，波光粼粼，都皱了，模糊了。他依旧能在幻境中看清大山，山脊长有成片成片的松木，松针上凝结着露水。他对山再熟悉不过了，隔着老远都能嗅到山脉的青气。

2

文强捏熄了烟头，走下了车，向老人的别墅走去。老人得了癌症，隔一段时间就要去医院化疗。文强是一名顺风车司机，两年前，老人的监护人聘请了文强长期负责老人的出行。每周他需要将老人送到医院，等治疗完了，又再接到家里。一来二去，老人与文强熟络了起来，老人经常找文强聊天。老人问文强是本地人吗。文强说他是山里的人，还特意提到了大别山。老人惊疑了一下，慢慢平静下来。他问文强，有没有吃过一种叫观音豆腐的东西。文强点头说吃过。春分之后，爹带文强去屋后的小山丘采摘观音叶。爹将观音叶洗干净，然后舂成汁，用蒸饭布过滤掉渣子，再从灶门抓一把草木灰，一边将草木灰撒进叶汁里，一边搅拌，很快叶汁凝固成了块状，形成绿色水嫩嫩的"豆腐"模样。爹将块状的叶汁切成小块，撒上白糖就可以吃了。爹说，观音豆腐是凉性的，可以解身上的燥火。

老人说，他特别馋观音豆腐。老人自顾自地讲起自己的故事。他是搞地质学的，地质学在当年很火。那年他跟随考察队去大别山腹地考察，走到山脚认不清路，幸好碰上了一位采药的山民。山民爽快地答应给他们当向导。当时考察队说给他报酬。他坚决不要，只是带个路而已，要什么报酬。只不过山民有些担心，春头雨多，山里的雨水偏多。考察队让他放心，他们带了帐篷和雨具。进山不久，天气骤变，果然遇到了一场大暴雨，前不着村后不着店的，考察队被困在山上。向导给他们找到了一个大山洞栖身，他们在山洞里搭起来帐篷，又在附近弄了一些木棍，烧了取暖。这场雨一下就是好几天。山里时不时发出轰轰的响声。向导说，是泥石流。他们下不了山。带的食物都吃光了，饿得前胸贴后背。向导见状，主动外出找食物，他意外发现了一片林子长满了观音叶，他就把观音叶采摘回来，在小河边清洗叶片，用石头碾压成叶汁，做成了观音豆腐。老人咂巴嘴，回忆了一番说，观音豆腐绿晃晃的带有一丝丝红色，太好吃了，吃不够，光我就吃了好几碗，那个时候又没有糖，做出的观音豆腐却出奇地甜，散发着淡淡的香味。见老人如此留恋，文强立马答应他，下次回老家，采摘一筐子观音叶子。

老人摆手，笑着说，没那个味了。老人解释说，他本来以为淡淡的甜味和香味是观音草的味道。他总觉得不对劲。有一天，他悄悄跟着当地向导后面去采摘观音叶子，发现那一片林子附近有成片成片的杜鹃，是云锦杜鹃，开出火红色的花朵。向导在观音叶子里放入了几朵杜鹃花。

老人说，我第一反应是不好，杜鹃有毒！他火速回到洞里，将这个发现告诉了众人。众人吓了一跳，他们也觉得最近身体有些疲倦，昏昏沉沉的，更爱嗜睡，便集中商议，先控制住向导，等雨小了，下了山，再去派出所报案。向导采摘一堆观音叶回来了，趁着向导洗观音叶的工夫，埋伏在旁边的众人一把将向导死死按在地上，然后捆住了向导的手脚。众人从向导的身上搜出了杜鹃花。众人问向导，是否在观音豆腐里加了杜鹃花。向导没见过这阵仗，惊愕极了，半天说不出一句话，一直在挣扎。众人无论怎么盘问他，他都闭口不答，眼睛直愣愣地望着天空。

文强连忙问，后来呢。

老人说，我们本来把他捆在山洞口，他在晚上挣扎，从洞口滚了出来，顺着坡滚到了河边，半个身子淹在水里，那可是初春，山里的河水冷得刺骨，又下着雨，等第二天发现的时候，他的双腿都快失去知觉了，奄奄一息。

文强问老人介不介意他抽一支烟。

老人摇头说，谁知道我哪天死，反正不是今天，反正离死也不远了。

文强递给老人一支烟，他没要。文强自己抽了起来。那年过了春尾巴，大山里下了一场雨。雨刚停，爹就打着伞，邀隔壁的邻居去大河看水。每每下雨之后，山里人会自发地去河沟旁看水。往日的涓涓细流，由清水变成浑浊的黄水，如同咬手的野兽，肆意奔跑，大声嘶叫。爹他们沿着岸堤走了一遭，像是看马戏团里的杂耍一样，对"野兽"的形态品头论足，发出畅快的笑声。爹回家说，今年的水不行，没有去年的厉害，别说吃稻子，吃青菜都吃不了。山里的雨季容易产生山洪，滚滚的水沿着山沟往下冲刷，淹没了低洼处的菜地、稻子，甚至是集市里的街道。爹通过看水，判断有没有山洪汛情。爹也有疑问，山尖就那么大，哪来那么多的水。雨天黄悠悠的水冲进地下，掺入井水，喝的水变得不干不净了。有了这样的想法，爹就开始嫌弃井水。他每次从老井里取水的时候，都会仔细观察水质，用生水时都会少舀半瓢。夏天文强最爱用井水洗黄瓜吃，井水冰凉冰凉的，降温又解渴，他见着了就会说，洗蔬果，刚打上来的井水要放一放，最好煮开了摊凉了再去用。文强说，井水就是冰凉的才好用。冬天，用井水洗刚摘的青菜，经过霜打的青菜再用冰凉的井水泡一泡，菜叶会微微蔫掉，再用猪油炒几下，青菜就特别甜。爹又会说，井水要烫一烫再用。他反复在文强耳边讲，村里人说明年自来水会接进来，喝自来水安全一些。年复一年，自来水还是没有接进来，文强家照旧用着井水。文强也耐不过爹的唠叨，专程回家装了两瓶井水去城市里的专业机构检测，一周后检测报告就出来了。文强家井水 ph 值是 7，总大肠菌群为 0，硫酸盐、硝酸盐、氨氮、铁铝含量都远低于正常标准。检测的人说，现在很难看到这么干净的天然水。文强问他，跟自来水比呢。他说，肯定比自来水干净多了，可以放心大胆地饮用。文强把报告带回山里给爹看，爹高兴极了，他不停地夸，我家这口井打得好，打到了正地方去，赶明还得给打井的人送两包烟。爹立马用井水洗了根黄瓜吃，笑着说，还是天然的好。看他那个样子，文强想该早点把井水送去检测。往后，文强可以用井水洗任何东西，然后吃掉，这是对水最大的放心。这件事之后，水化成了另外一种形态，时时触动着敏感的文强。比如菜叶上的露珠，屋檐上滴下的水珠，黄瓜上沁出的一滴汁液，文强都会瞅上一眼，沉入到一滴水的世界，仿佛是在白日也进入了梦境。

文强见多了那条蓝色的鱼，他还是不放心，专门去问爹妖怪眼睛的颜色。爹肯定地说，妖怪的眼睛是白色的。文强放心了，他遇到的蓝色眼睛的鱼不是妖怪。可不是妖怪，它又是什么呢。他也想不了那么多。他骑上蓝色的鱼再次走在荒茫之中，周边的景物在消逝，化为泡影和随风波动的玻璃膜状，强光透过膜都折射成一束束散光，光在昏暗中游动，形成斑驳的光影，光影交织，变换着图案，有鲢鱼、蚌壳和虾蟹。文强站在光影的中央，跟随着斑驳的光影旋转，所有的迷惑也随之涌现。文强记起许久之前，和爹并排坐在门口，一起吃着新摘下来的黄瓜。爹给文强讲，他的先祖曾是卖药材的，一边卖货，一边游玩，沿着汉江的黄州会馆，将山里的药材卖给西南的商人。爹说，那时山外人都传吃茯苓才能长命百岁，先祖可吃了不少的补药，最后活了八十八岁。文强说，爹你也吃补药，活久一些。爹摇了摇头，茯苓行情不好，掺假的太多了，不好卖，真正的好茯苓都弄到日韩去了，我们是吃不到喽。文强笑了，他说，怎么可能，你是天天炮制茯苓的，还能吃不到好茯苓。爹说，你又不信我的话，你又不吃草药。文强说，我不信你，你就不吃药呀。爹说，我自己的身体我晓得。文强说，我带你去省城的医院看一下病吧。爹说，不去。文强说，你喝的水都相信城市里头的检测结果，为啥不去城市里看病呢。爹说，你祖辈都是卖药的，自家的药都吃不完，还去那么远的地方吃他们的药，他们的药还没我家的好哩。文强无奈地叹了一口气，庙里的菩萨怕也是说不动爹的。

3

文强来到别墅的门口。果然，门口挂起了白花，两边摆放了菊花。老人死了，怪不得手机一直打不通。文强叹了一口气，每次看老人做化疗痛苦的样子，他都有些于心不忍。老人终于可以不做化疗了，算是一种解脱。文强发现，时不时有吊唁的宾客走进别墅，又很快地离开。作为老人的司机，文强本可以径直走进别墅，然而他并没有，他晓得，那群人肯定不会搭理他。他退到湖边，沿着湖转了转，找了一个不显眼的地方坐了下来。

周边的巴茅将文强团团围住。他仰卧在岸边的大石头上，望着宽阔的天空。他伸出手，碰到了湖水，湖水很稠。他能感觉到湖水的水质不是很好。城市旁边的水大抵都是这样。文强眯着眼睛。远方传来了喧哗的声音，蓝色的鱼出现了，他趴在鱼背上。鱼停了下来，只见许许多多的人影从身边掠过，隐隐约约听到集市的叫卖声。这是哪儿？文强从蓝色的鱼背上跳了下来，趴在旁边水波上，仔细地往里头看去。蜿蜒曲折的江水旁，竖立起了一座座复杂的建筑，有的叫主圣宫，有的叫拜神堂，更多的是叫黄州会馆。

爹跟他讲了黄州会馆的故事。爹说，黄州会馆离不开大别山的山民，一是山民会做饭，特别是地道的江淮菜，会馆里请的厨师都是来自大别山的；二是大别山的山民善于贩卖中药材，而中药材是码头贸易中的大宗，利润可观。文强问爹，你又没出过山，你怎么知道黄州会馆。

爹说，他听先祖讲了一百遍，自然知道。爹又讲，众多黄州会馆中，要数位于旬阳蜀河的建筑最为气派。书上讲，旬阳曾是古蜀国所在地，是川、陕、鄂三地的交通枢纽，蜀河一直是汉江上游重要的交通要道，南方的货物至此北上柞水直至西安，北方的货物至此装船南下至老河口到武汉等地。爹让文强闭上眼睛，他对文强说，我空口讲的你不懂，你自己想一想河运的那个场景。文强首先想到了一根根巴茅，它们变成了一根根橹桨。文强想象到：在水运发达的码头，帆樯林立，热闹非凡，他数了数船只，根本数不清楚，怕有一百多艘。旁边街道上商家云集，人来车往。各地来此经商的人都聚集形成了会馆，黄州会馆最为豪气，它坐西北面东南，面对蜀河，南靠汉江，背依山坡，自前至后依据地形作台阶式上升，青砖石巷，有着独特的秦川汉水之古韵，同时具备浓郁的大别山建筑特色。爹说，那一带的黄州会馆都是由清代"黄帮"所建，黄帮也就是黄州籍客商，大别山的山民在外面经商行走，怕人欺负，自称是黄州人。

文强才不说自己是黄州人，黄州到处都是贩卖盗版"黄冈密卷"的小摊。他超级讨厌做题，特别是黄冈密卷，每道题都难做。文强睡了一个好觉，等文强醒了，已经天黑了，只见别墅里的灯暗了。他晓得时机到了。文强回到车旁，打开了后备厢，从里头拿出了铁锹和铲子，从较矮的围墙那边翻进了别墅。之前，老人告诉他，家里监控的主机被他泼了牛奶，每天都要泼半杯，早就坏了。文强根据老人的描述，直接走进院子，找到了一扇小门。小门的锁是坏的，内外都可以开门。小门通向厨房的一角，旁边就是楼梯。文强轻手轻脚地上了三楼。三楼的平顶层栽满了各类花卉。他到了一个塑料棚子，里面摆满了盆景和花盆。文强看到那些做工精美的陶瓷花盆，就觉得这些花卉价值不菲。他转了一圈，发现角落的一株杜鹃花，枝肥叶绿，却呈现出一副羸弱的样子，毫无生机。文强想都没想，先从旁边的工具台上找到修剪刀，给杜鹃花修剪一番，再从大花盆里将其挖了出来。文强连托到抱，从三楼弄到一楼。他窥探门口，发现大厅里没有设立祭堂，祭堂可能在殡仪馆，原来别墅并没有人，文强便壮着胆子直接从别墅大门将杜鹃花运了出去。他路过大厅的时候，发现堂厅里挂了一张老人黑白照。老人笑着露出了牙齿，直勾勾地看着文强。文强吓了一跳。他赶紧回到车旁边，将杜鹃放到了车斗里。他坐上驾驶位，不停地喘息着，仿佛他又听到了爹脚痛的喘息声，他怔了一下，踩一脚油门走了。

文强在车上放了一首歌。英文歌。他也不知道名字。他依旧能听到爹给他讲的故事。那是很久以前、离山很远的故事，爹也没有亲眼见到，他甚至都没出过山门，爹非要讲山外的故事，讲那些陈芝麻烂谷子的往事。爹仿佛坠入家族的记忆中而不能自拔。爹说，先祖们做茯苓生意，在汉江，沿着曲折的航道而上，一轮低垂的圆月始终跟随，才晓得又到十五了，月亮正圆的时候，他们都会想家，会唱着家乡的小调。爹一边讲，一边让文强想象。文强闭上了眼睛：月亮太低了，而山并不高，却时时遮掩着月亮，仿佛月亮围着山脉在旋转。等过了紫荆关，过了丘陵地带，进入了汉中平原，月亮又正好挂在汉江之上。淡黄的亮光勾勒着汉江的形状，像是一只大大的船，孤独地行驶在山脉、平原和丘陵之间。

文强跟爹说，我要出去闯闯。

爹愣了一下，等爹反应过来，他说，吃了红豆腐再走吧。文强点头答应。爹又说，我不太喜欢吃观音豆腐，吃多了，肚子吃坏了，肠胃消化不了。

文强说，我也不喜欢吃观音豆腐，那全都是土灰，听着就不卫生。

爹说，我喜欢吃红豆腐，喜庆！热闹！

文强跟爹讲，我常见到一条蓝色的大鱼。

爹笑着说，他也见过。爹讲：汉江旁边的汉中，曾是高祖皇帝发祥之地，得汉中者得天下。汉江流域都是兵家必争之地，随着战争的摧残，一度陷入了萧条，为了恢复这块地区的往昔繁华，清朝组织"湖广填四川"的人口迁徙，汉中成为迁徙的目的地之一。大别山是"湖广填四川"的起始地和集散地。大别山的山民从山里出发，沿着汉江迁徙，落户到汉江沿岸。他们在江边仰望着这星辰大地，在汉江之上，对着月亮思念故土和家人，会随着风又飘回到山里，生根发芽，长成一棵棵参天的松树。

文强没听懂，问爹什么意思。

爹说，大别山的山民跟江水有古老的血缘，所以我们在山里，还想象到水里的东西。

文强才明白过来，爹是让他出去之后别怕事。

文强开车向大别山驶去。他心里想着的却是一盘红豆腐。大别山过年时家家户户都会准备红豆腐，也叫猪血豆腐。它由猪血、豆腐、猪肉等混合在一起，用葱姜蒜调好味，搅拌均匀，再放入适量的盐巴进行腌制，将其撮成拳头大小，挂到火凼上，用柴火熏干。这种红豆腐外形奇特，表皮乌黑，内瓤是红色，有着独特的山里烟熏的风味。红豆腐煎、炒、蒸都可以。春头上，爹总会做一道红豆腐炒辣椒，来祛一祛身上的寒气。用开水将红豆腐泡软，回锅煮熟，再进行切片。爹每次都强调，一定要记得不能放盐，红豆腐本来就是腌制的。爹的单炒红豆腐，就像吃腊肉一样，有一股绵稠的腊味在嘴里，久嚼久香。文强吧唧着嘴，他像是嘴里在吃着红豆腐一样。他要回到山里。

4

老人说，他第一眼看到的是杜鹃，而不是观音叶子。那几支杜鹃太美了，红彤彤的，水嫩嫩的，像是水做的。等向导走了，他采摘了一朵杜鹃，放在鼻尖前，反复地闻了闻，有一股清香。那个时候，他饿极了，看着这些杜鹃，突然有一股食欲，嘴里不停地流口水。他干脆一口吃了一朵，咀嚼着杜鹃花有一股微微的甜味，还有一股涩涩的味道。说不上好吃，也说不上难吃，反正满足了他的饱腹感。那是一种非常特别的感觉，仿佛被一朵花救了命，花是他的救命恩人，他忘记不了。

老人虽然晓得杜鹃有毒，但是他情不自禁。他晓得，有些欲望是控制不了的。他对那株杜鹃喜欢得不得了，即便回到了城市，依旧想念那株杜鹃。当他事业如日中天的时候，他觉得冥冥之中是那株杜鹃给予了他庇佑。五年后的谷雨日，杜鹃花谢完了。他雇用了两个植物学的研究生和一个林业站退休的工人，去山里将那株杜鹃盗了下来，养在了温室里，一养二十几年。

文强把车开到了山前，直到车也走不了。文强将杜鹃捆在自己身上，背着杜鹃上山。他知道，这株杜鹃是属于哪儿的，他还在那片林子里采过天麻。他耳边响起来爹的话。爹讲，先祖告诉他，郦道元写了一本书《水经注》："水首受希水枝津，西南流，历蕲山，出蛮中，故以此蛮为五水蛮。"爹让他记住，远祖是巴人，现在很多族人已经忘记了，巴字是爬的一半，巴人喜欢山林，喜欢爬树。他说，春秋战国时期，楚国西部巴人多次暴动，楚国出兵平息，多次对巴人迁移，流放到江夏界内，形成了"五水蛮"。大别山给了这群落难的巴人以庇护，他们有了发展的空间，借助山川水路，遇山伐木，种粮植桑，安居了下来。

老人说他是楚人。巴人乐山，楚人乐水。老人喜欢那株杜鹃，可能也是因为他是楚人。那些年，老人多么期待杜鹃能开一次花。每到花期，他就搬进棚子里住，吃喝拉撒都在棚子里，天天守着那株杜鹃，吃饭也看着它，喝水也看着它，就连撒尿也看着它。他想的全是那次在大别山考察时遇到的那一片红彤彤的杜鹃，像是一片轻薄的云彩，卡在他的脑海中，飘不出去。每到花期，他都不敢睡觉，也睡不着，生怕错过了花开的瞬间。然而这么多年，那株杜鹃花硬是不随人愿，根本就不开花，真造孽呀！老人求了很多专家，想了很多办法，都没有用。最后，他去了南海观音阁，烧了高香，许了个愿，还是没有用。那株杜鹃一直是老人的一个心结，像是癌症一样，在他的精神上扩散，扩散到了情绪上，他跟那盆杜鹃一样忧心忡忡，生怕哪天花死了。

　　文强最后一次送老人去医院，老人脸色发黑，身体羸弱，说话都不利索。老人望着文强，许久才问了一句，你在这儿过得怎么样。文强摇头说，就是一开车的，能怎么样，混日子呗。老人说，现在年轻人压力都大，生活不容易。他继续对文强说，你帮我个忙吧，等我死了，把那株杜鹃送回山里吧。文强想，不就是一株杜鹃，他一口答应了。

　　文强背着杜鹃走了半天，歇了一口气，他仿佛看到许多年前祖先背着一筐筐药材从他跟前走过，一切都在逆转。文强回想起，小院子里，父亲坐在竹椅上，耐心地炮制茯苓，发出叮咚的响声。所有的记忆涌上来,文强发现了一点,他对林子的印象已经不是一棵树,一把药,而是一个具体的印象。文强闭上眼,那只蓝色的鱼又来了。梦总会醒的,在将醒未醒的时刻,他和蓝色的鱼来到最后的终点。他所看到的是一滴巨大的水,它晶莹剔透,像是一面镜子,反照着自己,他认真地看清自己的模样,是那样的一个人样。这时,传出一声古老嘶哑的腔调声音,水滴破了,里头的水涌了出来,源源不断地涌出来,淹没了蓝色的鱼,淹没了他,他并没挣扎,缩回了双手双脚,呈现出一个蜷缩的状态,被水包裹着有一种前所未有的安全感,来源于婴儿时在羊水中的第一次睁眼,此时,他感受心跳的搏动,感受血脉的流动,那是一股热血。

文强睁开眼,他要把这株杜鹃种在原来的山林里,旁边有天麻,有兰草花,还有几株忘忧草。那片林子的杜鹃花开得最好,每次爹带他去,那些杜鹃像是鲜血一样染红了一片绿林。他采几枝花朵,嗅了嗅,放进了旁边的小溪,花朵随着溪水一起流向大山外面的远方。文强望着杜鹃的老树根,上面竟然冒出了两点小绿芽。他想起爹说的,杜鹃是一味药材,与观音草相合,可祛湿调血、治痰平喘。

笔　录

　　从天河机场去山城还需一个半小时。谢小月坐在大巴上，她疲倦地靠着座椅，侧过头，望着窗外灰蒙蒙的天。她刚从英国伦敦回到武汉，飞机一落地，连家门都没进，父亲就催促她火速赶往老家山城。父亲说，祖母疯了。

　　十二岁之前，谢小月一直跟着祖母生活在山城。每日清晨，只要不下雨，祖母便会将她从床上唤起来，带她去山上。山腰有一口老井。祖母从老井里打两桶水，带回家去煮饭烧茶。她不喝别处的水，就只喝老井的水。哪怕家里安装了自来水，她还是会去山上挑水吃。周边也有几户老人吃水井的水，听他们说，老井里的水通了灵气，吃了没病没灾。谢小月起得早，又要爬山挑水，那时她就想，要是天天都能下雨就好了。

　　谢小月认为祖母的命真好，做饭、家务都是祖父的事，她大部分时间闲得无事，就打理花草。祖母在院子里种满了月季。夏秋两季，院子里会开满各色的月季花，而祖父会坐在墙角的竹椅上，要么抽烟，要么打瞌睡。

父亲说，祖母太狠心了。

一个月前，祖父因肝癌晚期在医院去世了。那时，谢小月在威斯敏斯特大学组织了一场大型的女权抗议活动，她们准备去一家跨国企业门口抗议，谢小月是负责人，肯定不会临阵脱逃，加之还有两门课程需要答辩。她没有回国奔丧。

那段时间，父亲很沮丧。

祖父被送到省城的三甲医院，在重症病房插上了呼吸机，无论是清醒，还是不清醒的时候，一直念叨着祖母的名字。祖母像是知道祖父要死了一样，既不关心他的饮食，也不关心他的病情。父亲打电话跟她讲祖父病情的时候，她也心不在焉地嗯啊几声，不愿多听。这些是其次，关键是祖母一眼都不愿多瞧祖父，怎么劝她，她坚决不去医院探望祖父。她总说她的花需要照料，走不开。花能比人重要？父亲气不过，专门回山城，把祖母硬拉上车，拖到医院，祖母一到医院，直接躺在大厅的地上打滚，不管怎么劝就是不愿意上楼去，父亲见状，也只能作罢，又把祖母送回了山城。

父亲恼火地讲，比起祖父躺在病床上长吁短叹，祖母小日子过得欢快。

那些日子，天一亮，祖母就起床，在屋外打一套太极拳，然后就去山上打一小壶水，刚好能提得动，也够她吃的。菜园里的豆角刚刚成熟，祖母喜欢吃煮豆角，天天要煮一碗豆子。她将豆角剥壳，煮熟，放在碗里，用勺子碾碎，然后拌点糖，一勺勺地吃，吃起来还咂巴嘴。父亲一边劝祖母，毕竟夫妻在一起这么多年，去看一眼身上又不会少一坨肉，一边听着祖母咀嚼食物的声音，越嚼越响，父亲实在受不了，干脆什么都不说了。

父亲回忆道，相比你祖父忙碌了一辈子，从国企退休，你祖母几乎没有工作过，除了几次去邻居家水果摊帮忙，也没挣过什么钱，整日除了吃吃喝喝，就是花花草草。你祖父太温柔了，从未见过他对祖母红过脸、发过脾气。父亲觉得祖母没有理由不去探望生病的祖父。他望着病床上的祖父哼哼唧唧地唤着祖母的名字，心里实在难受，也实在没办法，委屈得都快哭了。父亲气不过，砸了祖母养的几盆绿色月季，他知道绿色月季是贵重的品种，也是祖母的心头所爱。祖母没说话，巴巴地望着父亲砸花。

砸了花，又不能改变什么。直到祖父去世的当晚，祖母都没有去探望过他。祖父抱憾而终。祖父死前还对父亲念叨：你回去问她，喜不喜欢我？

事后，父亲想起祖父临终的这句话。他对谢小月说，祖父都这一把年纪，还看重喜不喜欢、爱不爱的。

错！谢小月斩钉截铁地说，你不懂！谢小月硕士学的心理学，精神分析是她在学校唯一获得了"优秀"的课程。她从父亲对祖母的抱怨中，似乎找到了一个完美的解释。谢小月说，我完全理解祖母的行为，这还是要回到女性的本身，在生活中，女性对男性长期依赖，在即将失去的时候，她们会表现出极度无所谓，一方面在掩饰自己的脆弱，另一方面，在寻求解决的办法：妥协还是僵持。

你懂个屁。父亲打住了谢小月的夸夸其谈。祖母从来不会依赖祖父，她做什么事，都是说做就做，从不问任何人。

大巴连续转了几个急弯，甩得谢小月有些头晕，她拉下帽檐，闭上眼休息。睡意正浓的时候，父亲打来了电话。父亲问她到哪儿了。她也说不出个地名来。

父亲说，你最好把祖母带回省城，去大医院检查一番，她心理有病。

谢小月说，那你太小瞧我了，我可是专门学心理的。

父亲说，你别卖弄，让你回来，是因为你小时候跟祖母住过一段时间，你的话她或许能听，还指望不上你给祖母看病。

谢小月不服气地说，我尽力。

电话里，父亲说话顿了顿，有些话始终没有说出来。大巴驶向山区，信号时有时无，电话那头传来一阵忙音，谢小月把电话挂断了。她给父亲发了一条短信：你头上的伤好点没有。

祖父办后事的那几天，祖母坚决不露面，她跑到了寺庙里，在伙房里住了几天。祖父出殡前一天，父亲去寺庙接祖母回家。祖母坚决不回。两人吵了起来，父亲硬要把祖母拉回去。祖母正在厨房烧火做饭，气急了，抄起手边的火钳，向父亲扔去，正好砸到了父亲的额头，顿时鲜血直流。父亲还是扯着祖母的手不放，一遍遍地质问她，为什么要做到这么绝，到底为什么？

父亲哭了。祖母没哭。

窗外树影婆娑，谢小月似睡似醒，她似乎看到了祖母站在屋外的院子里，小心地修剪月季的枝叶，突然，她抬起头，望向自己，她眼中的忧愁消失了，取而代之的是纯粹、热烈的目光。谢小月惊了一下。

院子里烧了一堆火，祖母把祖父的衣服、鞋子、书籍、牙刷、毛巾、杯子，只要祖父用的，统统烧了摔了。她还要把那张睡过的床也烧了。院子里浓烟滚滚，不知谁报了火警，远处响起警报声。

父亲回了一条短信：头上的伤已经好了。

谢小月犹豫了一下，还是发了一条短信出去：你是不是恨祖母？她等了半天，父亲没有回复。

出入山城要经过一座两千米的长坡，从山腰直插入山底，这条不宽的路上挤满了来来往往的车辆。谢小月被停停顿顿的急刹车晃醒了。

到了车站，她提着行李走下了车，十多年没有回到山城，依旧是熟悉的街景：戴着斗笠的妇女坐在街边聊天，跟前摆着豆角和土豆，她们从不叫卖，有人确定买了，她们才从聊天中抽出身来，慵懒地应付。就这样瞎聊一整天，什么也没卖出去，她们也不觉得亏，反正时光总是被打发掉了。有几个小姑娘，沿街蹦蹦跳跳地卖着纸花。谢小月也曾折纸花卖过，她叫住了小姑娘，挑了几枚月季样式的，准备送给祖母。祖母会喜欢吧！

老屋离街道不远，周围几户人家都搬到省城去了，就祖母家敞着大门。谢小月一进大门，就看见祖母躺在中庭的藤椅上，头顶是一棵枫香树。祖母一边闭目养神，一边抱着橘猫，轻轻地爱抚。那猫还活着？谢小月心想：自己离开山城的那年，橘猫已经是一副老态龙钟的模样。

祖母听见动静，转过头，一脸平静地望着谢小月。她认出谢小月，嘴角露出微笑。谢小月热情地凑上去，抱了抱祖母，还送上了纸花。祖母对亲昵的动作极其抗拒，她用力地把谢小月推开，拿起纸花，仔细端详，念叨：这花没有你小时候折得好，买它做什么？你看，这花褶子都折错了。

谢小月蹲在祖母的跟前，说道，你是晓得的，我小时候卖纸花，也想有人买，可是我折得那么好看，从来都没人买。

祖母说，你那个时候像块木头，一坐就是一上午，一直盘着折纸，邻居们都说你呆，不活跃。

谢小月撒娇地说，我才不呆。

祖母轻轻踢了她一脚，说道，你还是那个样子，站没个站样，坐没个坐样。

谢小月悻悻地站在一旁，瞅着祖母没有更多的话了，她转过头，浏览了一圈院子，到处种的都是月季花。大枝的、小枝的，红色、粉色，最稀奇的是一朵绿色的。谢小月走过去，刚想用指腹触碰绿色花瓣，祖母立马制止了。祖母说，这花本来有四棵，你父亲弄死了三棵，就只剩一棵了。

谢小月听了这话，转过身，刚想要接过话茬，祖母喝了一声说，别扯你父亲，要想在这儿住，那就要和以前一样，少说多做。

谢小月住了嘴，愣愣地望着祖母。祖母站了起来，招手让她过去。她跟祖母来到厨房。祖母指着水桶说，你去山上老井打水吧，我早上打的水只够我喝，你要喝水，自己去打了喝。

谢小月看了一眼水桶，笑着说，我不渴，你有得喝就行。

祖母瞪了她一眼，那你就回省城吧，还有6点的一班车，别在这儿待了。

谢小月无奈地提起水桶。通往山里的路她很熟悉，沿着青石板拾级而上，走到顶就可看到老井。谢小月有些懊恼，祖母明镜似的人，总能看透她的心思，那些心理沟通技巧完全不奏效。她提了满满一桶井水，从山上下来。这一桶水还挺重的。没做过什么重活的她，胳膊累得要脱臼了。

等谢小月把水提回家，祖母已经做好了晚饭。桌上放着一碗清汤面，没有放辣椒、酱油，只放了一点点盐。谢小月吃不惯，放下了碗筷说，我不饿。

祖母瞟了她一眼说，你小时候也是这副模样，这也不吃，那也不吃，后来饿了几天，猫屎都吃了。

谢小月说，那你能记得我最喜欢吃什么吗？

祖母说，那倒不记得，反正我就爱吃清汤面。

谢小月说，我的口味比较重，喜欢吃小龙虾。

祖母摇头说，千种口味万道菜，还是清汤面最好吃。

眼见祖母说不通，谢小月离开厨房，独自在老屋里晃荡。老屋里的家具都不见了，想必都被祖母的一把火烧了，家里真的没有祖父任何痕迹。祖母在空荡的地方摆上了各色的月季花。

谢小月找了一把折叠椅，靠了上去。从英国飞回来，一路上她没怎么休息，刚闭上眼睛就睡着了。谢小月梦见自己在英国拿着横幅，走在抗议队伍的最前面，那些英国警察虎视眈眈地盯着她。她才不怕任何人的目光，于是恶狠狠地回瞪过去。抗议的人在街上站了几个小时，谢小月坚持不坐，从头到尾都站着，一件事她只要认准了，就会卖命般卖力。她熬了几个通宵制作标语，又长时间站立喊口号，实在太累了。在抗议的人群前，她的身体前后摆动，仿佛天要塌下来一样，果然她中暑晕倒了。等她醒来的时候，老屋的院子一片漆黑。她赶紧看了一眼时间，已经夜里 11 点了。她发现自己的肩上搭了一件衬衣，肯定是祖母的。

祖母的房门紧闭，想是已经睡下了。

谢小月重新打开院子里的灯，走到大门口的台阶上，坐了下来，望着古朴的木门，上面贴着一些卡通画，谢小月想到了小时候，那时，祖母还经常给她唱童谣：

白鹿白鹿，会识来路？

路上行人，知是春横。

谢小月不明白童谣的意思，祖母就给她讲。以前，祖母家里是猎户，住在大别山脚下，屋后就是一大片森林。一次，她在森林里玩耍的时候，偶然遇见一只白鹿，那只白鹿长得特别白，又白又亮，身体似乎在发着光，当时祖母震惊地望着白鹿，更让祖母惊喜的是：白鹿能唱童谣。白鹿轻声地哼唱各种各样的童谣，悦耳动听。

这首歌谣就是白鹿唱给祖母听的，祖母再唱给她听。谢小月猛然想到，祖母在小时候一直给她讲白鹿的故事。祖母告诉谢小月，小的时候，白鹿带着她在森林里奔跑，教她辨别枞菇和天牛。等到祖母刚成年的第一天，白鹿带着她走出了森林。那是祖母第一次走出森林，她一直跟树打交道，很少见到那么多的人，看到热闹的集市，又惊喜，又害怕，然而有白鹿在，祖母才稍稍安心。一人一鹿逛街、吃汤圆、玩风车，那一天，她们还喝了果酒，醉醺醺地回了家。

祖母跟谢小月讲这些故事的时候，她徜徉在回忆中，目光变得柔和，语气也很温柔。当时谢小月很好奇白鹿到底长什么样，她拉着祖母的衣袖，问道，那只白鹿长啥样？祖母听了这话，反应特别大，瞬间就苦着脸，吼了她，你管它长什么样！

谢小月憋着泪水。祖母严厉的眼神让她很受伤害，如同白鹿单单只属于祖母，只能由祖母分享。谢小月从那时起就不喜欢白鹿的故事。偏偏祖母每日夜晚都要对她讲白鹿，不管她是否在听，也不管她感受如何，祖母都要全身心地把童谣唱出来，把故事讲出来。这时候，谢小月就特别想父亲，想要离开山城回家。

白鹿的故事反反复复也只讲了个开头，后头是怎么样的，谢小月也不得而知。她盯着祖母的房门，门紧紧闭着。她心想，祖母还没睡吧，于是轻声地唱着童谣：白鹿白鹿，会识来路。谢小月歌唱的声音很轻，却被一阵阵微风播洒在屋子的各处，像是有无数个人在轻声歌唱，声音汇聚成流，越来越大，越来越响。祖母扯着嗓子大叫一声，像是撕开了喉咙。房门嘭的一声推开了。祖母披着白色的睡衣站在了门口，风吹起睡衣，她像是一只爹毛的白鹿，气势汹汹地伫立在那里，俯视着谢小月。

祖母从来没有这样过。谢小月吓呆了。

老屋的木板床又硬又霉，谢小月睡不着，在床上翻来滚去，思索着祖母怎么变成了这副模样。她拿起手机，翻着与父亲的聊天记录。父亲对祖母是数不尽的抱怨，而这一切都是祖父病倒后发生的。在谢小月的印象里，祖父瘦高个儿，一直都有风湿病，走起路来颤颤巍巍。祖父话少，几乎没跟自己说过什么话，他要么呆坐在一旁，不作声；要么趁着祖母侍弄花的时候，久久地注视着她的背影。他们俩更是很少说话，如同两棵树那般静默。

说到树，谢小月脑海里映着一棵枫香树。那日，她在伦敦晕倒后，被人抬到了一边的树荫下。她忽然闻到一股熟悉的香气，微微张开眼，眼前是一棵枫香树，树叶已经黄了，微风起伏，树枝随之摇曳，树叶摩擦，沙沙作响。这时，树上掉下一片叶子，叶子是三角形的。正好落在她的额头上，像是一只鸭掌踩在她的脸上，不仅挡住了她的视线，还弄得她额头瘙痒，很不舒服。她想要弄掉树叶，可是身体和脸又动不了，她越想越痒，又是挤眉头，又是咧着嘴，弄了半天，叶子纹丝不动。她大声呼喊帮助，不知为何嗓子却发不出声音。没有办法，她只好强忍住额头的瘙痒，时间一分一秒过去了，不知忍了多久，额头终于不痒了，想必她已经忘了痒这种感觉了。这时，谢小月听到了议论声，有人在她身边说话，虽然听不清说了什么，但是有人在她的身边。她本想扭动身体，想想还是算了吧，都已经不痒了。有人发现了她的异状，拿走了她脸上的那片叶子，光线重新照在她的眼睑上，她睁开眼，逆着刺眼的光芒，她看到了一个影子，定睛一看，居然是一只白鹿。

谢小月惊醒了，她坐了起来，打量四周，还是老屋，还好是一场梦。窗外天已亮了，谢小月听到祖母起床的动静，她也起了床。祖母昨天歇斯底里的模样，让她有点不敢招惹祖母，她在屋外转了转。她抬头，枫香树还是那般遒劲，新长的翠绿色的叶子，鲜嫩可爱。一院子的月季，能嗅到淡淡的香味，她昨日还没闻到花香，细细寻找，有好几枝初开花的月季，粉粉的，花瓣上还沾了露水。谢小月转了一圈，停在祖母的房前，等着她出来。

祖母忙活好了，推开房门，看都不看谢小月一眼，直接吩咐她到厨房把水桶挑着，去山上打水。谢小月愣了一下，她瞅了一眼祖母。祖母凶了一句，快去！谢小月回过神来，赶紧去了厨房。

这次祖母也跟着上山去了。她拄着拐杖，走几步，歇一歇。

谢小月挑着水桶，她没做过这活儿，不习惯肩挑，扁担常常从肩上滑落，她干脆双手提着。谢小月喘着气说，镇上通了自来水，你不喝自来水吗？

祖母说，不喝。

谢小月说，你这么大年纪，天天来提水，多不安全。

祖母说，与你无关。

谢小月说，万一哪天你提不动了，怎么办？

祖母说，那就不喝水。

谢小月见状，自顾自地说，我觉得井水和自来水的味道没什么区别，自来水都消毒了，还安全一些。

祖母累了，她找了一块大石头坐下休息。谢小月放下水桶，挨着祖母的身边坐了下来。谢小月咬咬牙，还是张了口：好奇怪，我早上做了一个梦。

祖母没搭话。谢小月说，你知道我梦见啥，一只白鹿，纯白色的，跟你给我讲的差不多。

祖母听闻，转过脸，瞪大眼睛，盯着谢小月。

谢小月装作没事人一样，继续说，当时它直愣愣地盯着我，我还吓了一跳，太奇怪了，怎么就梦见白鹿了。

祖母叹了一口气。

谢小月说，你不是小时候讲给我听吗？再给我讲讲呗。

祖母说，不讲了。

谢小月问，为什么？

祖母说，那只白鹿死了。说完，祖母拄起拐杖，站起来，急匆匆往家里走。谢小月莫名其妙地望着祖母的背影，提着水桶，跟在祖母身后。

等她们到了家，一辆破旧三轮车停在了门外，一位戴着草帽的中年男子蹲在墙角抽着烟。他是镇上的花贩子，见着祖母来了，就站了起来。两人都没寒暄。祖母把那人领进院子，直截了当地说，这镇上就你懂花，你看这院里大大小小的花，估个价吧。

那人吐出烟圈，环顾院子一周说，老姐姐，你也知道，我是个小店，你说几盆，我还出得起价，这一院子的花，我可要不起。

谢小月这才明白，祖母要把月季卖了，她本想劝阻，祖母却坚定地说，都拿去吧，你自然晓得有地方卖，放心，钱不会要你许多的，半卖半送，只是得找个老手，也不让这些花受苦。

那人笑了笑说，既然这样，我就按自己的买卖来出价了，老姐姐别嫌弃价格就好。

祖母摆了摆手，让花贩子自己去打理，她走进房间，闩了门。

谢小月坐在院子里，看着那人把花一盆一盆地搬了出去。她心里很不是滋味。这些花都是祖母的心血，祖母到底在闹什么？有什么事情是不能解决的，居然要卖花。

谢小月无能为力，她左思右想，还是给父亲打了一个电话。

电话那头父亲也焦头烂额。张嘴就问她，劝得怎么样？

谢小月说，这次回来，祖母明显跟我疏远了。

父亲说，那你打电话来干吗，家里出事了吗？肯定是你祖母又不安生了。

谢小月说，祖母把一院子的花都卖了。

父亲说，这有什么奇怪的，她要卖就卖吧。

谢小月说，可是这些花她都养了大半辈子了。

父亲说，告诉你吧，这不算什么，她是什么都要卖的，把家也卖了。刚刚，房产中介打了电话过来，根据祖父的遗嘱，确定我对老房子没有继承权。祖母已经把老屋挂牌销售了。

谢小月说，可是她到底为什么？

父亲叹了一口气，唉，说不清，怕是精神问题吧，这次非要把她送到省城医院看病。

谢小月说，是不是祖母和祖父之间发生了什么？

父亲说，有什么呢，五十年的夫妻，有事也都是陈芝麻烂谷子的事，这么多年，都老化了。父亲告诉谢小月，他正在赶回家的路上。父亲气愤地说，再不回去，恐怕连家都没有了！

晚饭是父亲做的，一个清炒豆腐，一个凉拌皮蛋，一个炒黄瓜。饭桌摆在院子里，父亲没有喊祖母。祖母自己上了桌，拿起碗筷就吃了起来。祖母嫌弃父亲煮的饭水放太多了，饭都煮烂了。她尝了一口，吃不下去，便从碗里拨出半碗饭给谢小月。

谢小月见父亲沉着脸，没说话，便笑着说道，我还能再多吃一碗。可是没人理她。

祖母夹了一块豆腐，吧唧着嘴，又说道，豆腐醋放多了。

父亲认为祖母吹毛求疵，恼火了。他放下筷子，说道，你有什么不满的，赶紧都一气说完，说完了好吃饭。

祖母说，凉拌皮蛋少了葱，不香。

父亲说，不管香不香，能吃饱就行。

祖母说，有个事我要跟你说。

父亲没抬头，只嗯了一声。

祖母说，房子过些时候就要卖了，钱我留一点，剩余的都捐给庙里，我已经跟山上庵子里的师太说好了，她给我预备了一间屋子，明天我就搬去庵子里住，长久住。你们都不消管我。

谢小月看了一眼父亲，他强忍着怒气，夹了一筷子黄瓜放在祖母的碗里。继续说道，别瞎说，明天跟我去省城看病。

祖母把黄瓜又夹了出来，扔回盘子里又不太好，干脆就夹到谢小月碗里。祖母说，我不是跟你商量，我是通知你。

父亲说，你别犟了。

祖母说，你又不是不知道我的脾气，我决定的事就是拍了板。

父亲说，这次由不得你，捆也要把你捆去省城。

祖母说，你试一试，反了天了！我要走，你拦得住吗？

父亲摔掉了筷子，气冲冲地说道，你说试，那就试一试，带你去医院看病，是为你好，你以为我愿意讨这份麻烦。

祖母直勾勾地盯着父亲的脸，她大声地说，我没病！

父亲说，有没有病，去医院看了才知道。

祖母气得发抖，她用筷子指着父亲的脸，你这张脸，你这张脸……她突然哭了，双手抹着泪水。

见祖母哭了，父亲的戾气也消失了不少，他像一根木头一样不作声地站在一旁。

祖母转头看了我一眼。她带着哭腔说，你个死丫头，不想知道白鹿是怎么死的吗？你去问他。祖母指了一下父亲说，他什么都知道。说完就回了房间。

谢小月盯着父亲。父亲望着祖母房间的灯火，他还是很在乎祖母的。谢小月把父亲拉回椅子上坐着，细声问道，到底是什么事？父亲愤懑地坐了下去，椅子发出吱吱的响声。谢小月催促了他几遍，他才开口。

祖母家有一个姑妈嫁到了本镇，当年祖母才十八岁，人长得俊俏，跟人学习纺织。那年，祖母趁着中秋来姑妈家过节，在街上游耍的时候，被祖父看中了。祖父二十好几，无所事事，靠在湖里偷鱼挣点钱。祖父追求祖母，祖母视而不见。她有喜欢的人，是山里的猎户，姓白。祖父不知听了谁的诡计，打点了熟人，邀祖母出来逛街吃糕点，在茶水里放了药，祖母失了神志，祖父趁机和她发生了关系。后来祖母怀孕了。祖父以此为由，登上祖母的家门，强行娶了祖母。祖母家还有两个未出阁的妹妹，为了家门声誉，只好闷声吃了这个大亏。

听了这席话，谢小月惊到了。她没想到这事居然发生在祖母身上，怪不得她非要吃自己打的井水，这才能安心！

父亲说，这都是半个世纪之前的事，时间过了这么久，都是一家人，何必再计较这个。

谢小月忽然明白，祖母为何在祖父死了之后才将所有的委屈和不满表达出来，她忍气吞声这么多年，终究是为了父亲，然而父亲并不懂她，也不领情。谢小月质问父亲，这些事是祖母跟你说的？

父亲摇摇头说，前几天，你祖父病危时说的，我不信，打电话向你祖母求证，你祖母听了，越发狂躁了。

谢小月说，所以在得知真相之后，你还是一意孤行，要把祖母送去看病。

父亲说，这是两码事，你祖父与祖母的事是夫妻间的事，过了这么多年，你看看，你祖父为了这个家付出了这么多，他的罪已经赎清了。再说人死为大，你祖父已经不在了，这件事再怎么也应当过去了，再大的怨气也该消了。我问你，不可否认祖母对祖父有感情吧？

谢小月说，你这是胡言乱语。

父亲说，你祖母之所以这么思维混乱，行为怪异，是因为祖父的死让她的精神受了创伤，她需要去看医生。

谢小月生气地蹦了起来，对着父亲吼道，你知道祖母为什么不喜欢你吗？

这句话像是戳中了父亲的软肋，他骤然安静了下来，父亲疑惑地看着谢小月。

谢小月说，你跟祖父长得一模一样。祖母为你做了那么多，你却还要步步紧逼。

父亲听了这话，也跳了起来，大骂说，你个死丫头，你有什么资格对我吼，你没搞清状况，我是为了你祖母好！

谢小月不想多语，她擦了擦泪水，冲出了家门。山城的街道路灯稀疏，灯光昏暗，她漫无目的地走着，想起祖母的种种，不免有些心酸。还有那次在伦敦，她被送进医院之后，她组织的抗议活动也黯然收场。那些被伤害的人又无可奈何地回到了原本的生活中，甚至在某个时刻，继续被命运嘲弄。她心有不甘。

谢小月走累了，坐在马路牙子上，泪水缓缓流下，她想到了祖母在院子里种的月季花，她付出那么多心血，此时被花店廉价贩卖，她住了一辈子的房屋也将被出售，她的一切都没有了。她在脑海里想象：祖母独自站在小院里，孤独又无助。突然，她闻到一股香味，是枫香味，从祖母院子里飘来的。谢小月抬起头，一树的枫香叶闪着金色的光，翻腾着、跳跃着，呈现欣欣向荣的模样。卖花卖房都是祖母的决定，她已经想好了，一切都没有了，还能重来。谢小月那刻或许理解了祖母。她听到了熟悉的歌谣：

白鹿白鹿，会识来路？

路上行人，知是春横。

在灯光与黑夜的交界处，她仿佛看见了一只白鹿，在挣脱泥泞的沼泽，从地上一跃而起，快速奔跑，越过她的头顶，跳跃升空。

第二天一大早，祖母收拾好行李打开房门，谢小月抱着一盆月季花站在门口，那是一盆绿色的月季，谢小月花了三倍价钱从花贩子手中买的。

祖母看着绿色的月季，脸上露出了笑容，她轻轻地抚摸了一下花瓣，然后警惕地冷下脸，环顾四周。

谢小月说，不用担心，父亲走了。我早上把他送到了车站。

祖母拿了一个小包袱往外走，她说，我也要走了，去街上过个早，然后去庵里。

谢小月连忙说，走之前，我们去做一件事吧。

祖母问，什么事？

谢小月说，我们去报个警，写个笔录吧，不管过了多少年，把你的委屈都写在笔录里，这件事算正儿八经地了结了，以后就不用再想它了。

祖母没想到谢小月会这么说，她紧锁的眉头良久才舒展开来。祖母拉起谢小月的手，缓缓地说，以前说你长得像你父亲，仔细看，真不像，你长得俊多了。祖母从小包袱里拿出一枚纸花，纸都泛黄了，花瓣的褶皱却依旧清晰。这是谢小月小时候做的。

怀民亦未寝

1

下班回到家，他提前点的外卖也到了，还是热乎的。今儿吃麻辣烫——肉食不干净，只点了六七个素菜。吃完之后，他发现晚上八点还没到，便定了闹钟，去床上睡觉。晚上十点，闹钟响了，他艰难地从床上爬起来，洗澡，刷牙，吹头发，把自己弄得干净整洁，然后穿好西装，换好皮鞋准备出门。走到门口，他又折了回来，把手表、手机、钱包都扔在茶几上，就只带一把门钥匙。

他要去见一位重要的朋友。

一走出公寓，冷风吹面，他闻到一股淡淡的花香，却分辨不出是什么花。他仔细打量着附近的花坛，不知什么时候换了一批植物，平日来去上下，竟都没有发现。到底是什么花呢？他沿着花坛走来走去，仔细打量每一株草木。

循着香气，他在花坛角落里发现了一株开着黄花的植物，与周边的非洲菊完全不同，像是一株野草。当他走近的时候，花香逐渐变淡，反而有一股腥臭味。越走近，香味越淡，腥臭味越浓。他扒开花坛的龟甲冬青，探头一看，那植物下面居然卧着一只死去的猫，猫的身体已经腐烂。怪不得有一股腥臭味。他作呕，正准备退出来的时候，发现那些小黄花是长在死猫的身边的。不止一株，周边还有好几株，只是那是最好的一株，花开得最多。

他回头看了一眼楼下门口的垃圾桶，苍蝇乱飞。而这只死猫周边却没有一只苍蝇。太奇怪了。他夹着鼻子跑进花坛，摘了一朵小黄花，立马退了出来。他仔细打量小黄花，没有什么特别的，就跟一株小野花一样，又小，又不太好看。他将小黄花放在手心，嗅了嗅，花居然是无气味的。他有点不信，反复嗅，才确认了花就是没有气味的。

他很犟，什么事不弄个明白晚上就会睡不着。他在附近的花坛找了一棵樟树，撇了一段枝，将叶子去掉，利用树枝一点点将死猫从花坛往外撬。死猫的身体已经僵硬，不容易移动，于是他薅着小黄花的花枝，用力地往外扯。小黄花的花枝都扯断了，死猫才动了起来。他耐住性子，一点点地推，终于将死猫弄了出来。一股腐臭之味迎面袭来，熏得他差点吐了出来。

他瞄了瞄死猫，死猫脖子上有皮套，应该是小区哪户人家养的宠物，死猫的样子像是被汽车碾压而死的，除了猫头以外，整个身子都严重变形了。他猜测猫在小区被车压死之后，司机下车直接将它扔到了花坛。

他将小黄花放在手掌上，抵近死猫，再闻了闻，腥臭之中，果真明显地嗅到了一丝香味。

真是奇怪！

他不由得思索起来，这到底是什么花，怎么在腐臭之中才能闻到香味？他把死猫放在了楼栋的电梯间的出口，或许能被它的主人发现，它的主人应该也很想它。他又折回到花坛，看着地上被连根拔起的小黄花的花枝，他掐了最顶端的一小截放在口袋里，他得找个研究植物的人问一问。他整理了一下衣服，出了小区，转过中央街的十字路口，向公园走去。他一边走一边想着刚才的小黄花，论起懂植物的人，最厉害的怕是祖母。

2

"你在听吗？"

"在的。"

"你祖母过世了，中午，在县中医院过世的，她希望能在中医院走，那是她工作了一辈子的地方。"

"中午几点？"

"中午 11 点 45 分。"

"哦。"

"她走的那几天，意识不清，也不知道病痛，躺在床上，张开口，喊着你的名字……

"你知道人得了那个病，到最后痛起来要人命，所有的止疼药都不管用，只能打吗啡了，打吗啡越打越上瘾，管用的时间越来越少……

"祖母真可怜，日夜疼得睡不着，说是自己要写个证明，让我们去医院开点要命的药，她要安乐死。我们看她那个痛苦的样子，也于心不忍，即便我们想去开点要命的药，医院也不准呀。祖母说她是医院的老职工，奉献了这么多年了，从来没向上级提过任何要求，至少这次要依她吧，她向老院长求个情……

"我们知道是没有用的，祖母逼着我们去找老院长，我们给老院长打了电话，老院长大骂了我们一顿，说我们不孝，这事又怼回来了……

"我们本打算把她抬到老家土葬，中医院知道了，老院长又打来了电话，说公职人员一律火化，没有例外，于是我们打了电话给殡仪馆，殡仪馆派车把她接走的……

"我们找了道士算了算，打算在殡仪馆停灵三天，第三天下午三点火化，然后直接送到祖坟山，火化的时候，1968 年的、1985 年的要回避，避之则吉，我们也通知了……

"你还在吗？"

"在的！"

"所有的事你不用操心，我们都安排到位了，你什么时候回来呀？"

"我不回来。"

"可是祖母是最喜欢你的，小时候你爸妈去广州打工，你就跟在祖母的屁股后面，那个时候，你才半米高，现在都长到树那么高了，别人都问你吃什么长那么高……

"祖母说，她带你去山上采野菜，采野果，教你认识荆芥、苦菜、马齿苋、牛至、车前草，你还把野莓果子吃了，拉了几天的肚子，你非要去医院开药吃，祖母不同意，她本来就是医生，知道吃坏肚子拉干净就好了，再吃药更伤身体，让你忍忍！你一直骂她是个坏祖母……

"在听吗？"

"在的。"

"你应该回来，送送她。"

"我已经说了，我不回去。"

"你是工作忙吗？"

"上半年工作忙，现在是淡季，好一点，工作不是那么忙！但是我是不会回去的。"

"可是为什么，祖母那么喜欢你！"

"不为什么，就是不想回去！"

"她得罪你了吗，你不喜欢她吗？"

"我喜欢她。像你说的，祖母确实教会了我好多事，不止你说的这些。在我还读小学的时候，我问她怎么才能当一个有出息的人，她说人慎独，人要独立。她让我记住，我就记住了。高考后报志愿的时候，家里人让我报在省会城市，距离家近一些，而祖母让我报得远远的，越远越好。"

"是呀，你得回来看她最后一眼。"

"不用了，她一直在我心里。"

"你到底是怎么了，心肠这么硬？自从去了大学以后，都九年了，你九年都没回过家，连过年都没回来，你到底是怎么了？你从小到大，不说过得怎么好，之前吃的穿的没亏待了你，像是家里谁跟你有仇，欠了你的债务似的。"

"你们的恩情我都记在心里了，但是我不想回去，真的不想回去。不是你们的原因，是我的原因，就是心理上的问题，它让我产生了一种意识，我不想要任何的亲情。但是我是爱你们的，包括祖母。"

"你的话让我很伤心。"

"我很抱歉，让你们伤心了。"

"你得去看看医生！"

"我看过了！"

"不行，你得看看中医，我们去找中医院老院长，让他推荐一名老中医，吃几服中药。"

"我的身体我知道，跟了祖母这么久，我也能看病了，但是我知道，我没有病！"

"你病入膏肓了。"

"你别哭，我真的很爱你们。"

"你以后就死在外面吧，最后葬在公墓里，上不了祖坟山，看有没有人管你，没人给你上香烧纸！"

<h2 style="text-align:center">3</h2>

他看着地上，自己的影子被中央大街的写字楼投下的影子掩盖了，他尽量往马路牙子上走，使自己的影子跳出大楼的影子，他觉得这样挺有趣的。往来的行人匆匆路过，他小心翼翼地避开那些忙碌的行人，还要照料着自己的影子不被湮没，一时脚步乱了方寸，走路一扭一瘸的。

就在这时，"嘭"的一声，两辆车追尾了。他正习惯性准备转过头，意识猛然告诉他不要管闲事，他立即闭上眼睛，又挑过了头。他什么都没看到，于是继续走路，一群看热闹的路人从他身边纷纷疾走过去，排成了一条长龙，他们有的报警叫救护车，有的拿出手机拍照，路人议论声此起彼伏，他猜测：伤员的情况不容乐观。

他忍着强大的好奇，径直向前走去。他像刚才一样，低头寻找自己的影子，却被路人的脚步吓跑了，他又不能去把路人都赶走，正心烦的时候，他发现地上有几块碎片，一眼就看出是车灯的碎片。车灯的碎片都飞了这么远，可想当时后车撞向前车的冲击力。那个开车的司机怕是喝了酒，把刹车当成了油门。他想，总有些傻逼，耽误大家的时间。

他没走几步，路人发出了一阵唏嘘声，他们看热闹似乎都兴奋了起来。原来后车的司机被几个人从驾驶室抬了出来，平放在人行道正前方的绿化带上。那是他要经过的路，他不得不看一眼。看完就后悔了。那人浑身是血，身子疼痛得绷直成一条直线，低声号叫："救命！好疼，真他妈的疼呀！"

他见状，捂住耳朵，绕过司机，快步前进。一声巨响，火光耀天，旁边的行道树被照得通红。车的油箱起火爆炸了。那群围观的人吓得四散跑开，一边后退，一边回望。更多围观的人跑了过来。他无意中抬起头，发现写字楼上也有许多人打开窗户，探出头，凝望着下面，乌压压的一片，像是天兵天将一样，站在空中。不一会儿，一辆救护车进入了他的视野，那辆救护车被卡在拥堵车流中，动弹不得。两辆警车也来了，缓慢地向救护车靠近……

他低下头，越走越快，开始小跑起来，嘈杂的声音越来越小。他猛然转过一个弯，进入了一条小路，世界骤然安静了。这条路被高大的梧桐树掩盖住，路边的车都静静地摆放整齐，街上除了一家便利店，没有其他商家，有一对老夫妻相互搀扶着行走。他放慢了脚步。正在他想四处瞅瞅，享受一番慢时光的时候，意识告诉他，不要，快去做大事。他反射性地收回了目光，重新盯回地面，踏着大步子。今晚还有大事要做，他要见一个重要的人！为了见这个人，他可是足足等了一个月，整整三十一天，好不容易等到这天了。想到这儿，他觉得什么都值得了，整个人也变得亢奋了。他想起在广化寺抽了一签，说他就是那个命！

"施主好久不见，近来安好！"

"老师父，你还是这么硬朗。"

"不行了，左脚风湿严重，夜夜疼得厉害，以前用你祖母的药，近来看了几位中医，没你祖母那么灵验了。"

"祖母开的方子，你那里存了吗，要不要我回去帮你找一找？"

"方子只对一时的症状，此一时彼一时！劳烦施主费心了。"

"是呀，此一时彼一时！"

"施主，你祖母最后一次来寺庙的时候，坐了很久，她还多次提到了你。"

"她都说了什么？"

"她说你与众不同。你是属蛇的，出生的时候，一声都没哭，瞪着一双大眼睛，左看看，右瞄瞄，你祖母把你放在盆里洗澡，你却沉在水底，游了起来，还扭动着腰，像是一条小蛇。"

"她一直说我像蛇。"

"蛇有什么不好。我告诉你，属蛇的本命佛是普贤菩萨，大多数都是好命。"

"蛇很冷血，不仅吃同类，还吃后代！"

"你倒不像，你祖母说，你从小到大都不吃荤的，只吃素，一吃荤食就呕吐，还被当成了病。虽然你祖母说不是病，你家人还是隐约担忧。"

"但是我感觉我跟蛇一样，无论是对待家人还是朋友，都那么冷漠。不知道怎么了，我跟那些人都搞不好关系，也完全不想跟他们亲近，甚至想远离他们。不仅是他们，是所有的人。虽然我知道他们都很爱我。"

"那不是你的错。所以你祖母才说，你与众不同。"

"这不是好事。"

"也不是坏事，你祖母常说你心善，我看也是，这才是重要的。我们这里有个风俗，孩子八九岁的时候，都要就着烈酒生吞一颗蛇胆，蛇胆是刚从活蛇身上取下的，还冒着热气。据说，这样做对孩子的视力有保护，也能增强免疫力。那东西好难弄，好不容易弄来一颗，你祖母说你死活不吃那颗蛇胆，不管怎样诓骗你，你就是不吃。"

"我那时并不知道是蛇胆，如果晓得是蛇胆，我更不会吃。"

"你非要把这颗蛇胆送给隔壁的女孩，那女孩患有天生的白内障，你还亲自拿过去，给那个女孩吃了。"

"我要知道是蛇胆，我就不会那么做了，吃蛇胆对视力完全没有什么用处。"

"我方才看到你抽了签，抽的是什么签？"

"我不信这个。"

"不信归不信，但是你抽了。"

"是抽了，我没怎么看，就放了进去。"

"可是看你拿了解签。"

"好吧，逃不出你的眼，我在大殿求的是前程，他给我拿的是婚姻，是个下签，解签上面写着：君问婚姻鬼贼多，虽然暂就不相和；劝君早作无缘想，后唱离歌奈若何。"

"这也是一种缘分！"

"可是……"

"你是怎么想的？"

"我实话说，感觉这一签太灵了，我本就没打算结婚，即便结婚了，我也会选择做丁克，我不太喜欢孩子。我一看见孩子吵闹就心烦，感觉心脏病都会犯了。祖母可能和你说过，我一到太热闹的地方，就浑身不适应，心里隐约作痛，意识会提醒我赶紧逃走。"

"你祖母现在不在了，你得照顾好自己身体，去医院检查一下。"

"我没有找祖母以外的人看过病。"

"你得适应。你祖母不会陪你一辈子。"

"我感觉她会吧,我经常做梦梦见她,她带我去山上辨别草木及其功效,给我讲那些草木的故事。得益于她,我认识不少的草木,但是也会碰到不认识的草木。这时我就会想起她。"

"然后呢?"

4

"我在手机上下载了一个能识别花草的客户端,我把不认识的花草的照片导入,它就会自动匹配最相似的草木。虽然很方便,但是跟祖母讲解的差得远了。"

"看样子,你很信任你的祖母。"

"但是我也疏远了她,我也不想和她有过多的交集。"

"她和你生活了那么久,她早就知道了,她去世前存了一个方子给我,说以后如果有缘见到了你,让我把方子给你。"

"她为什么不直接给我。"

"缘分,万事讲究一个缘分,她看缘分,这个方子能不能到你手上。"

"我回去再看吧,明天我就坐早班车走了,离开这个县城,想到我在这里生活了二十年,还是有些不舍,但是我不打算再回来了，我终于可以独自去生活了，不沾亲带故的。"

"既然你打算不再回来了，那我也祝施主你万事顺遂！"

走到马路的尽头就是城市公园。公园是依山而建。里头种满了栾树，在公园的中间有一座人工湖，叫作团结湖。他走到公园门口，发现铁门紧锁，可能是最近换了保安，管得严。他绕到侧边的围墙，顺着墙根往前走，遇到了一根断了的铁栏杆，他便熟练地从中钻了进去。

穿过小灌木，就到了游步道上，沿着游步道走了几步，有一处开阔的小广场，他仰头，终于望见了天上的月亮，他露出了微笑，道了一句，好久不见。

今天是农历十六，正是月亮最圆的时候。月光将栾树的影子投射在游步道上，影子随着风吹，轻轻摇曳，如同长在湖里的相互交错的水草，而月光就像波光粼粼的水面。这个景象跟他小时候读苏东坡《记承天寺夜游》里描绘的一样：庭下如积水空明，水中藻荇交横，盖竹柏影也。他兴奋地在"水面上"行走，仔细朝着"水下"张望，突然惊动了林子里的鸟，它们纷纷展翅高飞，变成了"水下"一群鱼在游动。

那个时候，他晚上经常睡不着，偷偷从祖母家里溜出来，趁着夜色四处溜达，走累了，就找挨着河水的地方，欣赏天上的月亮。

祖母很早的时候给他读了《记承天寺夜游》，短短几句话，一念完就知道什么意思，但是字字句句都透着一种莫名的悲凉感。他觉得自己迥然一身，连个朋友都没有，特别是怀民这样知心的朋友，想到这里就特别失落。他也曾努力地去适应朋友关系，但是他总是因为想太多而不自然，最后都逃避了，懒得去经营。这些经历，反而让他更喜欢这篇小文。他反复地读，反复地背。

祖母发现了他的异常。那天晚上，他偷偷溜出去的时候，被祖母叫住了。他先是一惊，委屈巴巴地望着祖母。祖母笑着把他招呼过来，牵着他的手走出了家门。祖母给他讲，苏东坡曾经来过她家门口，据说她家祖宅门口有一口古井，东坡见井是好井，但是井水浑浊，甚是可惜，就派人把井浚干净，掏出污泥，终于古井流出了清泉。他用清泉煮茶，果然有一股甘味，一时兴起，写了一首古诗，就叫《浚井》。后人为了感谢他，就把那口井取名为东坡井。

祖母带他来到了东坡井，他赶紧朝井下看看，黑不溜秋的，什么都看不到。祖母坐在井旁边，高兴地把他招呼过来，说是给他介绍一位朋友。他好奇地问是谁。祖母说，那位朋友你非常熟悉，也绝对喜欢，说着就指着天上的明月。祖母把天上的月亮介绍给他做朋友，又说，你以后无论走到哪里都不会孤单了，总有一位天上的朋友陪着你，那是一位无与伦比的朋友，谁也比不了。

他望着天上的明月，茅塞顿开，欢喜地跳了起来，连连说这个朋友特别好。

祖母说，你这个朋友还有个名字，叫怀民！

5

怀民正是《记承天寺夜游》里苏东坡拜访的那位朋友。他兴奋得发誓往后每天都跑出去找怀民。祖母连忙阻止，你这样烦怀民，小心怀民以后又不理你。他疑惑地看着祖母，求问她怎么办。祖母说，你一个月去见怀民一次吧，在怀民状态最好的时候，那时月亮正圆。

他沿着游步道走到了湖边，天上的月亮倒映在湖面上，如同怀民从天上来人间找他。他脱掉了皮鞋袜子放在一边的草丛，又摘掉了领带，脱掉了西装外套、衬衣，解下了皮带，脱下西装裤，最后脱掉了内裤。他一丝不挂地沿着湖边行走，目光紧盯着湖中的月亮。他小声诉说着："又是多么无聊的一个月，这个月只和别人说过二十句话，见过四十三位外卖小哥，拿了八次快递，其他的没什么印象。哦，我记起来了一件事，前天，我去买包子，你知道我总有一种担心，就是手机没网没电或者其他情况使用不了，特别是在买东西的时候，那得有多尴尬，所以我一直保持用纸币的习惯，那次我给了那个阿姨十元钱，一个包子只需三元，我应该给她六元，她只找我三元。她把找的钱递给我，我就接住了，但是我知道那钱不对，我没说什么，当时心想，是不是最近涨价了，每个包子涨了五角，而我不晓得；又或是阿姨算数不好，没算对。那一整天我都想着一元钱的事，想了无数种可能，甚至想到阿姨故意占我一元钱的便宜。我开始无比厌恶那家包子店，连早上吃过的包子都觉得恶心想吐。但是第二天，我还是到她家买了两个包子，一模一样的包子，我给了她十元钱，她找了我四元钱。我顿时知道了，包子还是三元钱，那又怎么样，我已经讨厌她家包子了，我装作若无其事，提着包子在某个路口的角落里扔了！"

水中怀民的反应，永远是一望到底的沉默，像是热烈地回应，也像是不置可否。

他走了三圈，屏住呼吸，跳进湖里，没一会儿，全身没入湖水中，他仿佛又找到了那种感觉，整个人被包裹在子宫里，那种强烈的安全感，自己一出生就会游泳肯定和这个有关。他的身体慢慢沉入水底，过了一会儿，身体开始上浮，他将头抬出水面，深呼了一口气，然后伸开双臂，奋力向湖中游去，像是一条巨蟒，推开了水花。他越游越欢，似乎这一泓清水带有消除记忆的灵力，那些琐碎的事在水中被清洗出去，以后再也不会去想了。他这么多年已经养成了习惯，与怀民共同沐浴。他浮起身子，对着湖面大喊了一声：怀民，怀民！

怀民在水中央，山风推着一股水波到了他的跟前，他敏锐地捕捉到了怀民的回应，心里乐开花。他也推了一股水波向前，带着空明的夜，打乱湖面上的那些幻想。

"怀民，我来这座城市多久了？"

“已经过了这么久，久得我都不记得了，但是我记得你第一次来的时候，租房、应聘、通勤，以你那么懦弱的性格，都能搞定了，真的是做了巨大的努力。”

　　“整整九个月了，我已经习惯这里的无聊，也难以忍受这里的无聊。”

　　“那你怎么办，又想离开吗？”

　　“是的，这些街道都被我逛了不知道多少遍，我专门租了一个离公司比较远的地方，每天花在通勤的时间要一个多小时，但是在路上花费的时间是我最为看重的，我可以到处晃晃、转转、看看，我期待着上班的路上，也期待下班的路上。”

　　“说真的，你好不容易适应了这里的生活，又要去哪里，别的城市又有什么不一样，你又要花费许多精力去适应。”

　　“我……祖母之前给了我一个方子，上头只写有一味药：黄芪，阴虚阳亢者均不宜服用。她让我走，走不动了，也不要回到原点。”

　　“你还记得第一次找到这个公园吗，你发现了一个秘密基地，并以此为荣，当天晚上，你就迫不及待地偷偷潜入公园，当看到湖水，看到湖水里的我的时候，你把衣服一件件脱光，刚走到湖边，一束手电筒的光照在你身上，三个保安过来了，你吓到了，他们也吓到了，不知道你要干什么。你拿起衣服落荒而逃。你的第一次是这样，但是第二次你就变了，保安走到你面前，你都不管不顾，径直跳入湖中游弋。无论保安用多么恶毒的话驱赶你，你都无动于衷，好像换了一个人似的，那个时候，真佩服你的勇气。"

"不要说那些话了，我当时心里慌得要死，故作镇定而已。保安拿我没办法，现在都不管我了。"

"是吗，你看你适应了这个地方，没必要再折腾！"

"但是你知道吗，我已经没有地方可以吃包子了，我特别喜欢吃包子。"

"你可以换一个店吃。"

"我吃那家阿姨的包子，吃习惯了，提到包子，我就想起那家，别人家虽然卖的是包子，但是我也觉得那不是包子。"

"就为了包子？"

"也不全为了包子，还有其他，比如说……虽然暂时想不到什么案例，但是一定有。"

"离开了这座城市，你想去哪里？"

"我想去一个有海的城市，能被海风吹拂，闻到海鲜的腥味，我从来没有去过海边，可能有许许多多的惊喜。"

"什么样的惊喜？"

"比如海上明月共潮生。我们可以一起看潮起潮落，可以在沙滩上用沙子堆城堡。"

"你真的会很惊喜？"

"我也不知道。"

"你可能是个疯子吧，奇奇怪怪的疯子。"

"可是我每次想找你的时候，我都能轻易找到，所以你今天晚上是没有睡，特意来这儿等我。"

　　"我宽衣解带，但是没有睡，怕是猜到了你会来。"

平芜处

一大早，鸡还没叫几声，细姑就起床把鸡喂了。她一个人住在村边上，不着急浆洗做饭，挂着竹棍翻过山岗，只见几个老货早已到了。他们坐的坐，站的站，一个个像一只只垂老的鸡，整齐地望向一个方向。

细姑招呼说，你们这群老货，平日春耕秋播，不见得使上劲，这大清早的，一个个都站在这儿，守着金山银山呀。

细姑每天都是这一句话，没人搭理她。她悻悻地环顾四周，好位置都被占了，于是找了一块青石，坐了上去。从这儿可以看见不远处山兜子里的工地，工地还未开工，安安静静的，机械都在酣睡，像一只只卧在地上的黑山羊，又肥又壮。细姑养过羊，喃喃自语地说，是得多吃点，这正是长膘的季节。说完周边的老货都笑了。

工地是去年动工的，老货们早已习惯守着山岗，刚开始大家伙还不停地猜测这条路通向哪儿。某一天，大毛冲回村里，夸自己有能耐，把家里种的菜卖到了工地，这还不作数，他要把大家伙种的菜都卖到工地去。大毛兴冲冲地说，那个工地有一百多号人，别说菜，什么米呀、酱呀、腌菜呀、芋头呀，他们统统都要。这些个消息老货们才不关心，种了一辈子的地，谁还不知道，地里的东西最不值钱，卖不起什么价。大毛又说，送菜的时候，辨了辨他们的口音，怕是一帮河南佬，一问，果然没错，他们是从开封来的。河南佬说，修的是铁路，往南方去，大概过了武汉，再往南去深圳，不管去南去北，铁路就是方便。

哦，原来是修铁路。

细姑听了进去，要不些日子，铁轨跑上了火车，就可以直达深圳。别人不清楚，她晓得，她听邮差说过，从深圳只需跨过一条河就到香港。香港是个啥样，电视报纸上都见过，别的不消说，人可多，那可是真热闹。细姑说，这下好了，可以从山脚下坐火车去香港。他的侄儿友志就在香港。

提起友志，老货们话多了。

"友志那厉害，他可是我们村第一个大学生，也是唯一一个，从小成绩就好，学校里教书的先生说他有股聪明气。"

"你们都记得不，友志去大学的那天可热闹了，村口两盘五万响的鞭炮还是我点的，村里从镇上供销社赊来的，次年的秋天还了四十斤板栗米，那板栗米也是我挑过去的。"

"是呀，那天像办喜事一样，村里的人都出来了，长长的队伍跟在友志的后头，有人打鼓，有人敲锣，一直把他送到村口，然后坐大毛的摩托车到镇上的汽车站，再去县里的客运站，再去汉口的火车站。那个时候，要转好几趟车，现在要是通了火车，友志可以直达家门口了。"

"友志真是一个孬种！"

说到这儿，大家伙都鸦雀无声。友志一去大学就没有回过村子，仔细一算，已经有二十年了。起初，友志还会写信回来索要学费，后来他干脆连信都不寄，整个人杳无音信，谁都不知道他在哪儿干什么，只有细姑坚持一遍遍地写信过去，却都被邮差退了信，信封上盖着查无此人的邮戳。

这时，大家伙不由得都望向了细姑。

一阵风吹过，细姑缩了缩吹散的头发。友志小的时候，她经常带友志翻过山岗，坐在山顶，望向山的对岸，那儿是汉口的方向。友志就靠在细姑的大腿上，像是一只小黑羊，昂起头，入迷地听着细姑讲城市里的地铁、大桥和高楼。

友志问，山那边是城市吗？

细姑说，山那边还是山，要翻过无数的山，才能看到城市。

友志说，爹娘在山的那边的那边吗？

细姑说，是在山的那边的那边。

友志说，他们还好吗？

细姑不知道如何作答。友志的爹娘是村里第一批去深圳打工的。他们在工地上做小工。听从工地回到村里的人说，哥嫂是被掉落的钢板砸死的。当天，吊车手喝了酒，操作失误，导致钢板掉落，正好砸到吃午饭的他们。警察从工地上抓了人，工地也赔了钱。那人悄悄对细姑说，赔的钱被包工头代领去了，有的说是包工头独吞了，有的说是包工头占一半，其他的被工友都瓜分了。反正人也没了，钱也没了，骨灰也不知道存在哪里。细姑在那人的帮助下，去工地找过。那是她第一次坐火车，第一次去深圳，她在火车站外的面摊上，一口气吃了五碗汤面。深圳太抠了，卖的汤面，面给得太少了，她总吃不饱。细姑按着那人画的地图，找到工地上去了。此时，工地已经变成了小区，几栋高大的住宅楼紧紧地靠在一起，直入云霄。细姑看呆了，她也不知道找谁，找来找去，没有人搭理她。在村里人的指点下，她去了派出所，派出所说嫌疑人已经被刑拘了，案子已侦查清楚，归法院判决。她又去了法院，法院说人已经判了刑，案子已经结了，其他的找派出所。细姑上下干着急，村里人也没有办法，让她钱花光了，就先回来。

　　想到这儿，细姑有些懊悔，她怎么不能再泼辣一些，在小区里哭着喊着讨要说法，总会有人出来管她，说不定她能寻回哥嫂的骨灰，也能给友志留一个念想。

　　细姑摸了摸大腿，仿佛友志还在自己跟前。想到这儿，她站了起来，扔掉竹棍，够着头望着山的那边。她够不着，就跳了起来。她一边跳，一边笑：山那边是什么，也是一座座的大山！这是她以前与友志经常玩的游戏，而此时，她只想跳起来看看，或许友志已经在回家的路上。她蹦跶了两下，脚疼得厉害，又坐到了青石上。

旁边老货们见怪不怪地看着她。

"大毛说这座山要被夷平，然后修一座高架桥，连着那边的山。"

"夷平一座山，那得花多少钱。"

"何止一座山，这一连几座大山。再过些时候，我们站在这儿，怕就看得见山外了。"

突然，工地的工棚走出一个人。有人！老货们喊了起来。大家的注意力都集中在那人的身上。那人打着赤膊，先进了一间蓝皮简易房，那大概是茅房，没待一会儿人就出来了，在茅房外面的水井边，洗了一把脸，牙都没刷，就去工地的另一边。那儿摆满了挖车、铲车、吊车，他在一台吊车前检查车况。不一会儿，越来越多的工人钻出工棚，洗漱的洗漱，做饭的做饭，上工的上工，工地忙碌了起来，真热闹呀！

"这是吊车师傅，昨天先起来的可是挖机师傅！"

"大毛说河南佬晚上都会在工棚里打牌，他们的赌瘾都很大，一晚上就能输掉整个月的工钱。"

"怕是挖机师傅输了钱，裤子都没穿的，从工棚里出不来！"

老货们哈哈大笑："不晓得明天是哪个最先起来!"

过午，细姑熬了一锅油面，搁了几片青菜，再下了一块糍粑。三五下就吃完了，剩下的面汤来喂鸡。洗了锅碗之后，她又拄着竹棍去了山岗。老货们都回家吃饭了，就她一个人。她远远地望着工地。工地上正在打桩。打桩机的铁锤深深插入土地，发出一声声闷响。

细姑又想到了友志。那年冬天，下了大雪，她见友志细胳膊细腿，瘦成干了，打算逮几只野兔，炖了，给友志补一补。友志一路上只顾着走路，不怎么说话，问他话，也只是支支吾吾。细姑猜测，孩子怕是知道了自己爹娘去世的消息。在村里，多嘴多舌的人多了去了，哪有密不透风的墙。

他们下好了竹笼，做好埋伏，然后找了一棵大松树，扫了扫底下的积雪，铺好一层带来的稻草，坐了上去。细姑从口袋里拿出一个包裹，小心地打开，里头是旧棉絮包裹的芋头。芋头滚烫，还冒着热气。细姑递给了友志，说道，天冷，吃一口，暖暖身子。

友志摇摇头。

细姑说，你有啥事，跟姑姑说一说。

友志低声说，没事，我不饿。

细姑又将芋头包裹起来。

算着时间差不多了，细姑带着友志去检查笼子，一连几个空笼子，她想今天可能又是白跑一趟。

突然，友志指了指前面。细姑顺着方向看了过去，是一只壮硕的白色兔子。细姑连忙跑了过去。她伸出手准备提住兔子的耳朵，可是兔子死命挣脱。这兔子还有蛮力。一人一兔僵持半天。细姑从来没遇到这种情况，她想了一个办法，从附近的树上折了一根木棍，试图将兔子打晕过去，直接驮回家。她举起木棍，兔子狠狠地盯着她，像是要咬她一口，这让细姑头皮发麻。正当她要下手时，友志大叫了一声。细姑吓了一跳。友志指着兔子的屁股后面。细姑定睛一看，兔子尾巴处露出一双小小兔脚，不止一双，好几双，是小兔子。白色兔子原来是在守护幼崽。

这时，友志央求地说，放了它吧，它太可怜了。

细姑犹豫不决，这可是好不容易逮到的兔子。她说，兔子的腿已经伤了，也跑不远，迟早没命的，不是死在猎物手里，就是流血而死。

友志见状，倔强地跑了过去，他打算自己解开竹笼，由于力气太小，怎么解也解不开。细姑看着友志的脸上挂着眼泪，不忍心，就跑过去，将竹笼解开。

白色兔子一下子蹦开了，龇牙咧嘴地对着友志，旁边跳出三只小兔子。白色兔子一瘸一拐地带着三只小兔子向积雪深处走去。

友志目不转睛地望着兔子留下的足迹，若有所思。细姑见他大概是想爸妈了，顺手将他抱在怀里，轻声地说，没事，有姑姑在！

友志委屈地撇撇嘴，猛然大哭了起来。细姑也跟着哭了起来，要是自己有点用，就可以把友志爸妈的骨灰寻回来了。哭完之后，细姑从口袋里拿出芋头，撇成了两半，递一半给友志。友志拿过芋头，大口地吃了起来。

工地上进来了几台转运车，运输渣土，而打桩机一刻不歇，咚，咚，咚，将铁锤深深地插入地里。此时此刻，细姑觉得，打桩机的铁锤一遍遍打在心上，心尖有些疼。她实在想不明白友志为何不再联系自己，他真有那么狠心？

正在这时，老货们吃完了饭，三三两两又来到山岗上。他们见到细姑独自坐着，又忍不住说起友志。

"友志，那个死小子，这是多少年没回来了。"

"跟你们说，友志，这个名字还是我取的，说是有志气的人，他果真有志气。他在城市里肯定早就结婚生子了。"

"他简直是个白眼狼，过得再好，也没有半点消息。"

"友志要是当医生，铁定是主治医师。现在医生都忙得要死，那次我去县里看病，光排队就排了几个小时，等我进去的时候，医生实在憋不住了，跑出去上个厕所，他说看诊一上午，厕所都没上，你说造孽不。"

"你咋肯定他一定是医生？"

"我敢打包票，他高考志愿还是我帮他选择的：大学定的北京的，专业定的临床医学。我告诉你，医生待遇好，我们从镇上卫生所退休的，退休金是年年涨！"

"有几家能像你家这样，不是医生，就是护士。"

"那倒是，全镇也数不出几家。"

细姑听着他们说的话，虽然这些话天天都在说，她依旧在乎。细姑嘴里没作声，心里想，友志怕是一名医生吧，他那个高高的身板穿上白大褂，肯定精神。

提到友志，细姑满是委屈。她想到了哥，友志长得跟她哥一个模子。这样思虑起来，归根到底，友志的聪明才智遗传了她哥。细姑的父母也走得早，她从小和哥相依为命。那一年，哥的成绩很好，考上了县一中，却不去读，非要去沿海打工，挣钱养家。哥让她读了初中，又让她读了高中。她蠢，考了三年，也没考上大学，人也考丧了，就这样回到了农村。

细姑坐在青石上立了立身子。那时高中毕业也是很了不起的学历，特别是女孩子，农村里少有。远近做媒的踏破了门槛。她要么嫌人家没知识，要么嫌人家没模样，来来回回，十几个都没有看中。后来家里出了这档事，她带着友志，被嫌弃带着拖油瓶，她也没什么挑的了，然而来说媒的都是二婚的，老的老，残的残，她死了心不干，发愿好好地把友志带大。

友志不会那么绝情的！那孩子从小就善良，养的鸡，他说时间长了有感情，从来不让宰杀。他还怕那些鸡冬天冷，用自己的棉被包裹鸡笼，给鸡取暖。可是他怎么会杳无消息。细姑担心友志人出了什么事，拜托同城打工的老乡专程去学校问过，辅导员说友志状态好好的，学习成绩很好，明年可以保个研，甚至去香港完成学业，业余，友志还勤工俭学挣钱，前些时候去云南支过教。

细姑托付老乡带过去的钱也被退回来了。老乡说，友志没有说话，就留了一个纸条。老乡把纸条交给了细姑。细姑无奈地说，人好好的就好。

老货们津津有味地望着工地。

细姑捶了捶腿，疼得厉害，她一边想象友志穿着白大褂的模样，一边笑嘻嘻地望着工地，等铁路修好了，一切就方便了。

晚上，天灰蒙蒙的，工地上点了灯，依旧是一片忙碌。细姑一直等到吊车亮了灯，工人散工，这时大概七八点。细姑也像下班一样，回了家。

大概是从大毛开始卖牛奶起，细姑和村里的老货们一样，都不吃晚餐，就喝牛奶。牛奶一箱子五十五元，大毛挣十五元。

老货们都活通透了，看好大毛是村里为数不多的壮年，大事比如看病，小事比如去镇上带个东西，总要找他商量，出个主意，或是卖点力。反过来，大毛要卖点啥东西，村里人不管用不用得着，多少都买点，这叫"礼尚往来"，细姑每个月都要从大毛那里买一箱子奶。晚上，她喝完牛奶，洗个脚脸，就上床睡了。

这时门敲响了。细姑打开了门，是大毛。他脸红通通的，脖子也是红的，铁定喝酒了。大毛说来送奶的，他把扛着的两箱奶扔到了桌子上。细姑回过头，看着床下还有两提未喝完的奶。她转身望了望大毛。大毛笑着说，喝奶好，喝了补钙，记性好。

细姑说，再好，一天也只喝得下一瓶。

大毛说，你多喝一瓶，加量，效果更好。

细姑直截了当地说，你又赌钱了？

大毛说，就输了一点点，马上去赶本，要不了几把就挣回来了。

细姑说，你去工地送送菜就好，怎么跟那些河南人打起了麻将。

大毛说，你算老几，管得着我吗，快把奶钱给我。

细姑听了这话，生气地说，拿回去，我不要。

大毛赌狠地说，不要也得要。

细姑怼他说，要是友志在……

大毛哼了一声说，他那个龟儿子，大概死在外头了吧。

细姑顿时就怒了，指着大毛的鼻子说，你还有脸说他。

大毛说，怎么没脸说。

细姑说，有没有脸不是说出来的，当年是你骑摩托送友志去车站，你是村里最后一个见到他的人。

大毛说，我好心送他去车站，你还没给我车费，他不回来，关我鸟事。

细姑说，你对他说了啥，镇上的商贩看见你们吵架了。细姑一边说，一边上前拉扯。

大毛说，我让他在大城市好好混，以后别回这山旮旯，这有错吗？他要是因为我这句玩笑话不回来，那是我八辈子修的福，算是看错了他，他也真没啥大用。

细姑被大毛推搡着，毫无招架之力。她心一狠，用尽全力，趁机紧紧咬住大毛的手臂。

大毛疼得一叫，抬起手，一把甩掉细姑，说道，懒得跟你纠缠，我要是友志，也懒得回这鬼地方，钱你记得一定要给我。

细姑失落地坐在地上，愣愣地望着窗外。外头下起了小雨。屋里湿气重了，她的脚开始疼了起来。她猛地想起了那日，一大早，鸡还没叫，她就起床，特地换了一件崭新的衣服，熬了鸡汤面给友志吃了，又去煮鸡蛋，给友志带上火车吃。一共煮了十八个，寓意一路要发。她小心翼翼地把蛋用新棉包裹起来，塞进友志的背包里，嘱咐他饿了就吃。没一会儿，村里的老老少少都挤在门口，大家你一句我一句夸友志，友志愣愣地站在一旁，倒是细姑红了脸。多少年了，为了友志，她从姑娘熬成了老嫂子，背后多少人说她不值得，年纪轻轻没结婚，活像个寡妇。而这一刻，所有的委屈、所有的汗水都化成了一句话：大家都让一让。细姑反复地把人群推开，给友志让出了一条路。

细姑从地上爬了起来。现在想起来，当时她花了大力气才把那些人推开，每一次使劲，都算出一次气。细姑从柜子里拿出了一个小木盒，打开木盒，里面放着一张纸条。这是友志留给她的。她打开纸条，上面就两句话：爹妈死后，这世上就剩我一人；我想过自己的生活。

细姑拿着纸条哭了，这张纸条她看了无数遍，以前想到的都是友志，今天她想到了自己，自己的哥嫂。或许友志是对的，她不应该为某一个人，某一个心结而活着，这短短的残生过得真快，最后几年为自己活吧。细姑将纸条撕成了碎片，塞进了灶门心子里，然后径直回到床上，闭上了眼睛。

又是一夜没睡好，细姑的脚疼得没法入睡，她一直把眼睛闭着，一直没睡着，好不容易熬到了第二天。鸡刚叫，细姑艰难地从床上爬了起来，挂着竹棍，按照惯例准备翻过山岗，看一看工地的情况。

今天细姑打开门，吓了一跳，老货们都站在她家门口。

细姑惊讶地问，你们这帮老东西来我家干什么？

老货们见到细姑，异口同声地向她报喜。

细姑以为是友志回来了，吃惊地扔掉了竹棍，大声地喊，他回来了吗？在哪儿，在哪儿，他在哪儿！

老货们见状，七手八脚地搀扶着细姑说道，你别急，人是找到了，可他还没回来。昨天大毛和河南佬打麻将，在牌桌上，一个河南佬说，他们在深圳修地铁的时候，发生了一起事故，一个工友被一条钢筋穿刺了胸背，当时鲜血直喷，挺吓人的，工友被几个人抬进了医院，你说巧不巧，给他做手术的医生也叫友志，还是主治医师。那个人真不错，不但救了工友一命，还一直安慰他说，命还在，钱总归是会挣回来的。见到他们，他还笑眯眯地跟他们客气。他们问他是哪儿人，他说的正是本县。

老货们又说，哪有这么巧，同名同县又同职业，肯定是友志没错了，他这家伙不在香港，在深圳呢。

细姑问，大毛他人呢。

老货们说，他一大早跟我们说了这档子事，说完就去工地送菜和牛奶了。

老货们你一句我一句，都说那人与友志有多相像，催促着细姑赶紧问清医院的地址，好去深圳那边找一找。那小子都是医生了，正好让那小子治一治你的腿，你这腿再放任下去，迟早是要废的。

细姑缓了一口气，大声地说，让一让。她穿过人群，缓慢地向山岗走去。像多年以前她送友志上大学一样。老货们莫名其妙地看着她，问她，这么多年，你不去找友志？

细姑顿了顿说，那是以前，现在不管友志在天涯海角，我都不会去找他。说完转过身就走了。

细姑一步一停，终于站到了山岗上。她远远地望着工地。

那条铁路怎么还没修好，自打说要修铁路，她就打算好了，等火车通了，她一定要坐上火车去趟深圳，去找回哥哥嫂嫂的骨灰，这次她不会再胆怯了，不找回来，她也不回来了。

细姑盘算着把骨灰就埋在这个山岗上，哥嫂喜欢热闹，在这儿，可以天天看火车带着旅人南来北往，给他们解闷，挺好玩的。细姑心想，到那个时候，某一天，友志也会坐着火车回来吧。那个场面，细姑也想过，她会瞪着友志，质问他的心是不是被狗吃了，这么多年去哪里了，不回家，也不作一声，然后大骂他一顿。说是这样说，细姑觉得她肯定不会这样做。她会看一看友志是否长高了，长胖了，长成熟了，衣服是否穿少了，吃得怎么样。其他的不指望，只要友志吃好穿暖、身体健康，她就满足了，剩下都是孩子自己的选择，他自有他的道理吧！

细姑长长地叹了一口气。她平静地望着大山，决定了：不等修铁路了，趁着还能走，要去一趟深圳，找到哥嫂！

父子拳

1

风中带着汗臭。林羽舔了舔嘴唇，舌尖沾到了血丝，竟是一股淡淡的甜味。他用手臂擦了擦嘴角，回过头望一眼天空。天空什么都没有，灰蒙蒙的。他期待有点什么，可是白云、飞禽什么都没有。此时他在缅甸中部一个不知名的乡村，旁边是一个废弃的制糖厂，地面上撒了碱，连野草都不生长，到处都是光秃秃的裸露裂开的泥土。

已经过了一个小时，林羽没有见到人影，四周静得令人发怵。他大喊着开门，直至喉咙变得嘶哑。

这时，铁门缓缓拉开，一个拄着拐杖的老伯一瘸一拐地走了出来。他身高接近两米，穿着白色篮球背心，已经洗得褪色了，依稀可见"25"的号码和"老杜"两字。老杜唤林羽过去，当林羽走近的时候，他猛然举起拐杖重重地砸在林羽身上。林羽一个趔趄，摔在地上。"他妈的，你听不懂？让你滚回去！"

林羽忍着剧痛，从地上爬起来。老杜见状，又一拐杖打在他的身上。他身体微微摇晃，强忍着疼痛。老杜狠狠打了他几下，累了，放下了拐杖。"骨头倒真硬！"

老杜拉开铁门，带着林羽走了进去。里头黑灯瞎火，老杜从口袋里掏出一个手电筒，转过楼梯间，往地下室走去。微弱的光线下，林羽走得很慢，他生怕被绊倒，小心地摸着旁边的墙壁。林羽想到了那天晚上。那时他大概七八岁吧，躺在客厅的竹床上，早上天还没亮他做了个噩梦，猛然醒了。他从竹床上站起来，瞄了一眼房里的大床，发现父亲并不在，而大门敞开着。他大喊一声父亲，没有回应。他在家里晃了一圈，发现一个人都没有，于是急得连鞋都没穿，就往外面冲。即便沙石硌脚，他也全然不顾，跑过村部、跑过稻田、跑过村口的河，最后停在了公路边。往来一台车都没有，他望着空旷的公路许久。这时，他才感觉到疼。低下头，看见脚上一道道口子，流出鲜血，他顺手从旁边的草堆里扯了几片叶子，把血擦干净，然后将叶子搓碎，敷在伤口上。他望了一眼来时的路，黑乎乎的，长满杂草。他从小每次做噩梦，都会梦见父亲离开自己，然后就会义无反顾地跑出去追。林羽回到家，从枕头下拿出父亲唯一的一张照片：父亲一脸严肃，赤裸着上身，一身强壮的肌肉，双手握紧拳头。父亲脖子上有一柄"剑"的文身，剑的把手上缠绕着一条眼镜蛇，蛇头上刻着"义"字。它吐着芯子，怒目圆睁，透着杀气。父亲是一名拳手！

老杜带着林羽下楼，尽头出现了一扇铁门。老杜敲了五下，前两下强，中间一下弱，后两下强。门一打开，强烈的光从门后照射出来，刺得林羽眼睛疼。他揉了揉眼睛，只见屋子里吊满了沙袋，一个个拳手赤裸着上身，对着沙袋练习拳法。老杜说："别看他们黑皮精瘦，拳头可是铁打的，有力！"再往前走，出现一个巨大的铁笼子，那是赛场，每个月农历初一和十五都会举行地下拳击比赛。老杜说："那一群买票的傻子围得里三层外三层，把酱香白酒当饮料喝，吐得到处都是，恶心死了。"

林羽扫了一眼地板上黑色的污渍。

老杜说："那是血，打得吐血了。你知道的，进入铁笼子只有一条规则，打得对方求饶，那就算赢了。"

在上一场比赛中，对手一拳打在林羽的肚子上，让他吐了一口血。他扫了一眼地面，那摊血像极了一个黄昏——云彩把天空染得血红，也没人管他，他就一溜烟跑到山后的竹林，对着一根竹竿练拳，拳头打在竹竿上发出清脆的响声。疼痛感传遍全身，他咬牙忍耐。村里人说，父亲到缅甸打拳去了，在那儿找了媳妇。缅甸是哪儿？林羽找到一张地图，才知道缅甸在雄鸡的脚下。他用尺子量了一番，去缅甸的距离跟去东北的距离差不多。他决定去打拳，不管多远，也要把父亲打得满地找牙。林羽将手上的血水擦在衣服上，对着对手吼了一嗓子，分散对手的注意力，然后把所有的力气集中在拳头上，对准对手的额头，一拳暴击。对手一下子被砸蒙了，林羽趁机而上，一个过肩摔，将对手摔在地上，一只手狠狠地勒住对手的脖子，另一只手对着他的脑袋击打。

老杜瞅着林羽说道："我看出来了，你在想第一次上台就把对手打趴下了吧？"

林羽点了点头。

老杜哂笑说："那是走狗屎运。告诉你，靠运气是走不远的。"

林羽疑惑地看着他。

老杜说："你是个新手，连打拳的门都没入。你骗得了别人，但是骗不了我。"

林羽硬气地说："我没骗你。"

老杜说："你根本就打不了拳。"

林羽说："你凭什么这么说！"

老杜说："虽然你赢了一场，但那算不了什么。你的拳头很有力，却没有章法，你知不知道乱打一通是会丧命的！"

林羽拉住老杜的衣领，恶狠狠地盯着他，就差抡起拳头了。这时，有人叫他们让开。林羽抬头一看，是一个清洁工，戴着鸭舌帽，脖子上贴了一圈膏药，穿着皱巴巴的长袖衬衣和短裤，夹着一双人字拖。他正提着拖把，准备拖地。

老杜见状，甩开林羽的手，开口说："不是我说，雷鬼，这个地方还需要人清洁？脏得要死。"然后转过头对林羽说："雷鬼是这个鬼地方为数不多的中国人。"

雷鬼无奈地说："没有办法，得还债。欠了老板的钱，还不上，老板看在老交情的分上，才让我拖一辈子的地抵债，不然就是缺胳膊少腿。"

老杜说："谁还不是一辈子都困在这里！"他转过身打开一扇门，里头是个狭窄的储物间，到处堆满了纸箱子。这里就是老杜住的地方。林羽走了进去，两个大个子将房间塞得满满的，转身都显得困难。

林羽问："刚才那个人是谁？"

老杜说："扫地的。"

林羽问："他也打过拳？"

老杜说："打过，没打赢。"

林羽说："被谁打败了？"

老杜指了指墙上贴的海报。上面是一个袒胸露乳的肌肉壮汉，剃个光头，剑眉，眼神锋利。老杜说："他，一雄，日本人，这里打拳最厉害的人。"

林羽盯了海报许久。

老杜自顾自地说："不知道造了什么孽，老板把你指派给我。我怕你还没进笼子，就死翘翘了。"他熟练地从一个箱子里拿出楚乡酒，打开瓶盖，喝了一小口，咂巴咂巴嘴，叹口气说："酱香酒就得细细品味。"他又往嘴里灌了一口酒，从地上捡起一个陶盅和一个黑色塑料袋。只见他从黑色塑料袋里钳了一点药粉放进陶盅里，再将含着的酒吐在里头，用筷子不停地搅拌酒与药粉，直至变成一坨黑泥。老杜一瘸一拐地走到林羽身边。"你的这些伤都会留下痕迹，等像我这样，到了老不死的年纪，就会在你的肉里、骨子里钻心地疼。"

林羽撸起裤子，大腿一片淤青，老杜将黑泥涂抹在伤处。看着都痛，林羽却没动一下。老杜说："我祖上是中医，要是当初我不打篮球，怕也是坐在专家门诊里给人看病。"老杜回过头，见林羽从背包里拿出一本书，借着手机的灯光，一页页地翻阅起来。

老杜若有所思地坐下来，轻声问："你在干什么？"

林羽说："学习。"

老杜好久没听到这两个字了，惊奇地问："学习什么？"

林羽说："数学，还有半年就高考了。"他起身，找了几个硬壳纸箱堆成一张"桌子"，拿起笔就开始做题。

老杜叹气说："孩子，你完全可以不用来这里。"

林羽说："你少管。"

2

林羽一早就醒了，狭窄的房间内，老杜的大个头占去了一半，他只能睡在门口的纸箱上。他的手机被收走了，不知道时间，应该到了早晨吧。他打开门，强烈的灯光格外刺眼。拳手早已开始操练，咚咚的拳声打在空中，也打在林羽的心上。那天，他听见有人喊他的名字，他循着声音往前冲，声音轻飘飘的，却清晰准确。来到河边，四下无人，他疑惑地沿着河道走，到底是谁在喊他？他大吼了一声："谁？"没人回应。他又喊了好几声，还是没人回应。他气愤地走进河里，对着河水一顿拳击。拳头激起水花，落在他的脸上，他不停地加快出拳速度，水花将他整个身体包裹，衣服都湿透了。他确信那个声音来自父亲。他停止发力，整个身体向前倾倒，淹没在河水里。河水并不深，他憋住气，让身体沉入河底。在浮力的作用下，他感觉有一股水流托住自己，那样强硬，又那样温柔，像是一个大大的拥抱，像是父亲……他握紧拳头，狠狠地捅入河沙里。他开始密集地出拳，身体剧烈摇晃，慢慢地浮出水面。之后他大口地呼吸着新鲜的空气。村里人告诉他，多年前见过父亲在河里练拳。不管春夏秋冬，每天傍晚，父亲都会对着河水打拳。有时也会有其他收获，比如一条草鱼、一只水鸟，他都送给旁观的人。林羽也打晕过鱼，他把鱼扔在岸上，用土埋起来。他不喜欢吃鱼，刺多，但是他也不想便宜那些村民。

扑通一声，林羽回过神，一位拳手晕厥过去，却没人理睬，各人自顾练拳。林羽走上前，看了一眼，那人面色苍白，大概是缺水少糖。林羽赶紧从旁边拿了一瓶矿泉水，先倒在他脸上，让他保持清醒，然后喂了几口水。见那人缓和过来，他又喂了一枚糖。

"你练了多久？"林羽问。

那人微弱地说了几句话，不像是中文，他没有听懂。没一会儿，那人从地上爬起来，又继续练拳。

林羽沿着建筑四处转了转。他在长长的走廊尽头发现一扇窗。他走过去，透过窗口，正好可以看到外头废弃的球场。他感到奇怪，来的时候明明走的是地下室，怎么变成了楼上？这栋建筑设计得很巧妙，一边连着地面，一边朝着悬崖。

突然，一双手搭上他的肩膀。他回过头，原来是雷鬼。

雷鬼往回拉了林羽一把说："你在干啥！"

林羽吓了一跳，瞪着雷鬼没作声。

雷鬼笑着说："你知道这儿为什么有一扇窗户吗？"

林羽耸了耸肩膀说："有屁快放！"

雷鬼说："那些受不了压力的拳手，都会从这儿跳下去。"

林羽一惊，下意识地往下看了一眼。下面正好有一块窨井盖，看起来像是板着铁青色的脸。

雷鬼指着自己的脸说："你看我脸上的疤，半张脸都没了，就是在那井盖上摔的。还好我命大，没死。"

林羽瞭了他一眼，心想，这人真丑！

雷鬼拍了拍林羽的肩膀，拿着拖把准备走了。没走几步，林羽喊住了他："你为什么会被扔下去？"

雷鬼停住了脚步，笑着回过头，指着旁边的巨幅海报说："你知道他吗？"

雷鬼说："你仔细看！"

林羽说："看完了，有什么豪横的！"

雷鬼说："你看他的眼睛！"

一雄是单眼皮，眼珠像假的一样，无神无光。林羽说："他眼睛怎么了？"

雷鬼说："他的左眼是义眼，比赛时被我戳瞎的。我是这里唯一打败过他的人。那一场，我让他们赔了不少钱，所以他们要把我扔下去。"

林羽又仔细看了看一雄的眼睛，如同盯着两个空洞，再往下去，是熊熊燃烧的烈火，那全都是一雄内心的愤怒。"那一雄岂不是恨死你了？"

"他也没办法，笼子里有笼子里的规矩，笼子外就是笼子外的规矩，他不能把我怎么样。"雷鬼说完哈哈大笑，拿着拖把就跑了，水桶还留在原地。

水桶里没有水，只有一本破杂志。林羽好奇地拿起来翻了翻，是一本时尚杂志，高清美女，穿着暴露，摆出诱惑的姿势。这种杂志在这儿肯定价格不菲。林羽想帮雷鬼留着，找个机会还给他。杂志的最后一页上，随手画了一个男人，一个箭头从男人的左脚一直画到右手，看起来莫名其妙。林羽也没多想。

在接下来的两次比赛中，林羽都输了。他被揍得头破血流，肋骨也断了三根，躺在纸板上哀号。林羽抱怨伙食太差，要么是水煮花椰菜，要么是水煮鸡胸肉，没盐没糖，一点味儿都没有。

老杜一边给林羽涂药，一边呷着谷酒。他看出林羽心虚了，心里没底，才动不动就发怒、抱怨。

"后悔了？"老杜故意问。

"后悔你奶奶的。"林羽说。

"你根本打不到拳吧？"老杜在抹药的时候稍稍用了点力气，林羽疼得直叫。

林羽咬牙说："你他妈的才打不到拳。"

"谁教你打拳的？"老杜又问。

"自学的！"林羽硬气地说。

老杜摇了摇头说："你这样的人我见得太多了，为了钱，千辛万苦地到这个鬼地方来。我跟你说一句实话，他们会把你打死的！"

林羽安静了，这句话他完全可以反驳，他不是为了钱来的，但是他又无可反驳——难道说他就是要狠狠打他父亲几拳才到这儿来的？林羽闭上眼睛，老杜唠叨不止，而他一句话都没有再说。他仿佛走进了家乡的竹林，竹叶哗哗地往下掉。他看着那棵竹子被他打得弯了腰，外面变成一层厚厚的白色包浆。他轻轻抚摸着那包浆，想到付出这么多努力却戛然而止，他心有不甘。他握拳发力，拳头打在竹竿上，他的手被反弹回来，他退了一步。抬起头，他望向整棵竹子——他从来都没有抬起头看过上面，竹子上下抖动，传递着力量——他猛然想到了雷鬼的那本杂志，一股力量从左脚到右拳。拳击或许不是拳头的较量，而是身体的联动。林羽突然从纸板上站了起来，先是单手朝老杜肩膀上打了一拳。老杜抱着膀子，惊讶地看着他。林羽再从脚发力，随着身体的转动，又对着老杜打了一拳。老杜一下子摔倒在地，大声嚷疼。果真是这样的，林羽长舒一口气。

老杜凶狠地盯着林羽，说道："你怕是脑子坏了！"

林羽懒得管他，拿着杂志推开门，向铁笼跑去。

3

他从床上爬起来，站在一片迷雾之中，很多人从他面前走过。他仔细辨认那些人的面孔，没有一个是认识的。突然发现走过的那个人，莫名有些熟悉，他努力跟上那人的脚步。那人越走越快，他总是差了半步，只能望到那个人的侧面。他大喊了一声"喂",那人并没有回头。他瞅见那人脖子上露出一点文身,是一把剑的剑尖。仔细看去,那剑的把柄上缠绕着一条吐着信子的蛇,蛇头上刻着"义"字。那张照片他看过无数次,只看一眼就认出,正是那个人!他猛然清醒了,原来是老杜的鼾声。他狠狠踢了一脚老杜,老杜没有醒,翻过身继续睡。他拿了一条毛巾走进浴室,打开热水,把自己放在水帘下,让水从自己的身上滚落。他把头埋进水柱之中,憋着气,坠入家乡的那条河流,慢慢沉入河底。睁开眼,可以看到河道里的细沙、蚌壳和几只"亮眼睛鱼"。一个身影落在河水上,吓跑了鱼。他抬起头,见一个穿着背心的男人坐在河岸上,背对着他。那人说,这条河是属于他的,他两三岁的时候就蹲在河里拉大便,河水把大便冲走了,顺便还帮他洗了屁股。长大后,他去给铁匠做学徒,每年春秋两季打铁,他觉得浑身都是力量。迸发的铁火钻进他的身体,与肌肉焊接在一起,越锤越硬,越打越结实。铁匠铺在夏冬两季熄炉,得了空闲,他就去汉口,找个码头,给人搬货,等打铁积攒的力气耗完了,他才回家休息。日复一日,他攒了一笔钱回到村里,相亲,结婚,生儿子。再后来,一个商人来到铁匠铺,答应给他一笔钱,将他带到缅甸去打拳。那笔钱很诱人,他得打多少铁、搬多少货才能挣到那么多钱!他计划让儿子在汉口读书,像城里的孩子一样上兴趣班、吃肯德基。谁料,他在缅甸染上了赌瘾,连自己都输掉了,就困在这栋建筑里,哪儿也去不了。

那人在静静地诉说着，像是有天大的委屈，声音颤抖，语无伦次。林羽静静地听着，不抱任何同情，他浮在河面上，双手划着水。那个想法应该是从看到照片开始的。他当时觉得拳击很容易，打一拳出去就是了。为此，他想当然地练习拳击，打竹子，打树干，打隔壁村的小孩……这一算，也练了十几年，全是白练，他连拳击的门都没入，什么也没得到。他憋着一口气，一定要做点什么。他大口大口地吸气，却发现自己的呼吸变得更加急促。他举起拳头对着空中挥打，每一拳都打在河面上，激起一束束水花。

在一阵欢呼声中，林羽被推进笼子，才发现对手居然是一雄。当时他就吓了一跳，事出反常必有妖，他凶狠地看着一雄，心里却慌得要命。一雄用日语跟观众打着招呼，他的粉丝尖叫着举起酒瓶。林羽趁机望向笼外，寻找老杜的身影。他没有找到老杜，却看到雷鬼拿着拖把站在一旁。林羽刚回过头，就被一雄一拳打在脑袋上。林羽瞬间失去了平衡，重重地摔在地上。他扭过头看着雷鬼。

去年，林羽终于在铁匠铺找到一个人，那人专门从中国带人去缅甸打拳。他说自己已经七十岁了，带了无数人出去打拳。有的人还活着，有的人已经死了，有的人挣到了钱，做些小生意，如今富得冒油，有的人弄残自己，在街上讨米混饭。林羽央求老伯带他去缅甸打拳。老伯笑了笑，让林羽打两拳瞧瞧。林羽对着木梁打了几拳。老伯说，拳头有力，身子没力，打不了几拳。林羽故意把那张照片递给老伯，问道，你认识他吗？老伯仔细看了看照片，疑惑地看着林羽说，你是他儿子？林羽点了点头。老伯笑着说，这就对了！当时我看他孔武有力，是块打拳的好料子，就介绍他去俱乐部打拳。他本来还有些犹豫，我跟他说，要是打一辈子的铁，做一辈子的小工，还是出不了头，那所有的力气都白白浪费了。他犹豫了一夜，就来找我了，说要练拳。老伯看着林羽说，你现在不需要了，你过得没那么差，还能进大学，未来大有可为！林羽双手拉紧老伯的衣领，信不信我打你？往死里打的那种！你骗我父亲去那种地方，我长这么大没见过他，你得赔我。老伯哈哈大笑。林羽打了他一拳。老伯腹肌绷紧，他以前也是练家子，这一拳还受得了。林羽又加了一拳，一拳一拳又一拳。老伯被打得吐血，摆手认输说，我帮你去缅甸，其他的得靠你自己，这算是还你父亲的人情。一周后，林羽坐着渔船偷渡到缅甸。

雷鬼扔掉拖把，跑到笼子前，喊了几声。林羽躺在地上没有作声。守笼人无动于衷地看着他。一雄气势汹汹地走过去，扯起林羽的头发，把他提了起来，挂在笼子上，双拳交叉使力像是打一个沙袋一样。粉丝们开始碰杯，欢呼。林羽已经失去了意识，双手下垂。一雄提着林羽，仿佛提着一块腊肉，一脚将他踹得老远。林羽满脸鲜血，再这样下去，他就要被打死了。一雄脱掉上衣，露出了结实的肌肉，正准备最后一击。他跳到空中，翻转身体，用肘部对准林羽的太阳穴。就在这时，雷鬼大喊了一声："一雄！"一雄邪魅一笑，刹住惯力，手臂收回，肩膀狠狠地撞在地上。一雄对着雷鬼用蹩脚的中文说："条件！"粉丝们跟着起哄："条件！条件！"

林羽苏醒过来，老杜在他身边，正给他涂抹药物。林羽说："叛徒，你去哪儿了？"

老杜说："当时正好老板叫我去办公室。有一个柬埔寨拳手受伤了，让我给治一治。"

林羽说："雷鬼呢？"

老杜说："这里头的关系复杂得很，都是为了挣钱，雷鬼他怕是被人扔下井盖了。他一直都蠢，所以被那些老缅骗光了钱。"

听了这话，林羽挣扎着要起来。老杜连忙安抚他，说是开玩笑的，雷鬼买吃的去了，一时半会还不会被咋样。"但是你，伤筋动骨要好好休息。"

林羽瞪了他一眼，然后从旁边的包里摸出一本书，是英文课本。他开始认真地记单词，这或许能缓解些许身上的疼痛。

老杜见状摇了摇头说："我那时要是英语好的话，说不定能考上华工。我毕竟是体育特长生。"林羽没搭理他。

4

练拳声此起彼伏，林羽的心空荡荡的，他来这儿还没有练过一次拳。他早已习惯在竹林、在河沟、在野外练习，而这里的逼仄空间让他感到窒息。

林羽路过铁笼子，昨天一场比赛之后，地上的血迹已变成黑色，与这栋建筑融为一体。在笼子的另一边，雷鬼弯着腰，收拾着地上破碎的酒瓶。那些看比赛的狗杂种，一兴奋就到处摔酒瓶。

林羽走近笼子，抚摸了一把。铁都生锈了，他把手指在身上擦了擦，然后问道："你怎么认出我的?"

雷鬼直起腰，突然大笑说："你跟我一个模子，我一眼就认出来了。"

林羽说："我跟你长得才不一样呢，你太丑了。"

雷鬼不好意思地摸了摸脸，伤疤早已不疼了，但摸起来确实不是一张脸，而是一坨肉。他叹了一口气说："以前还是很帅的。"

两人隔着笼子沉默了许久，大厅上空飘荡着练习拳击的声音。雷鬼先开口说："走，我带你去一个地方。"

林羽问："什么鬼地方?"

雷鬼说："听我的，走吧。"

雷鬼带着林羽穿过大厅，在一条黑漆漆的走廊尽头，隐藏着一扇小铁门，上面挂着一把铁锁。雷鬼用力把锁头往外一拉，锁就滑开了。门后面是螺旋式的铁梯，踏在上面，发出咚咚的响声。两人沿着楼梯一路往上爬。

林羽望着雷鬼的背影，想到了小时候，在某一个瞬间，他会听到有人喊他的名字。无论他是在吃饭、上厕所还是在课堂上，他都会不顾一切地冲出去，跟着那个声音往前跑，生怕自己稍慢一点，就追不上了。等他跑到筋疲力尽，摔倒在地，不禁委屈地大声喊出来："谁在叫我？"

林羽止住了脚步，站在楼梯上。雷鬼听见后头没有了脚步声，便回过头，望着戳在原地的林羽。

林羽问："你为什么给我取这个名字？"

雷鬼笑着说："随便取的，那时你刚出生，又白又瘦，像一片鹅毛，轻得能飞起来。本来叫林羽毛，登记的时候医生把'毛'字写漏了，就叫了这个名。"

林羽说："你取的名字，你都没叫过。"

雷鬼阴下脸，空气也立马凝固起来。他躲避着林羽的目光，转过身，准备继续往前走，却被林羽叫住了："你取的名字，你总得叫一叫！不然浪费了。"

雷鬼呆呆地站在楼梯上。他像是在积蓄足够大的力量，肌肉紧紧绷住，然后慎重地迈出步伐，一步一步都走得稳当。每上一步台阶，他都会叫一声"林羽"。雷鬼越走越慢，林羽跟在后面，越跟越近，雷鬼的背影也越来越大，最终影子将他整个人包裹住。十几年了，他终于追上了那个人。可有什么用呢？不过是喊了几声而已，又花不了什么力气。雷鬼能喊，别人也能喊，而这与他吃过的那些苦、受过的那些累，甚至遭到的那些嘲笑欺负怎么能相比？他不甘心，咬了咬牙，握紧了拳头。雷鬼的身影落在墙壁上，林羽望着闪过的黑影，才知道自己在父亲的阴影下度过了这么久。他要把眼前这团黑漆漆的东西打得落花流水，那才痛快！林羽擦了擦额头的汗水，紧紧盯着雷鬼的后脑勺，正想一拳抡下去，所有的影子消失在一片白光之中。雷鬼回过头，微笑着说："到顶了！"雷鬼笑起来丑得要命。

林羽放下拳头。

他们到达了楼顶，从这里可以看到远处的海，平静得像是一顶帽子。他家里就有那样的一顶黑色帽子，挂在柜子旁，从来都没有人动过，落了一层厚厚的灰。海的旁边是一个村庄，一群人在整理渔网，看不清是男人还是女人，他们都穿着白色的衣服。楼顶上到处都是酒瓶，雷鬼领着林羽来到楼顶的侧面，那里有一个巨大的蓄水池，上面盖着一层石棉瓦。雷鬼将石棉瓦一块块揭开，说道："他们吃喝拉撒都靠这水池，我动不动就过来撒泡尿，让他们尝尝老子的味儿。"

林羽走到蓄水池的边缘，环顾四周，水体呈现出淡绿色。就在这时，雷鬼用力一推，将林羽推进了池子，然后自己纵身一跃，也跳进了池子里。

林羽吓了一跳，等他反应过来，气急败坏地一把抓住了雷鬼的胳膊。正想猛出一拳的时候，水的阻力影响了他的出拳速度，雷鬼一个翻身，将他的胳膊扭在了身后，又用脚扣住了他的双腿，让他不能动弹。林羽像被缚住的鱼，他用力地扭动，依旧脱不开身，渐渐地感到力不从心。就在快要窒息的一刻，雷鬼松开手，将他从水里拉了出来。雷鬼说："打拳最重要的是距离。"

滚到地上，林羽缓了一口气，趁机一拳打在雷鬼身上。雷鬼猝不及防，嗷了一声，立马准备好战斗姿势，两人打了起来。林羽找准时机出了一记重拳，雷鬼一个闪躲，林羽失去重心，踉跄地从雷鬼身边擦肩而过。雷鬼一边走，一边说："移动是为了撤出对手的攻击范围，同时也将自己的拳头置于攻击对手的范围之外，一个优秀的拳手会把控住距离。"

林羽连出几拳都被雷鬼躲过了，他气急败坏，像小孩子耍赖皮一样，冲过去抱住雷鬼。雷鬼没有躲闪，林羽一拳接着一拳打在雷鬼身上，然后一个过肩摔，将雷鬼摔倒在地，又坐在他肚子上，对着他的头一阵暴击。

雷鬼忍住疼痛，没有反抗，任林羽暴打。林羽打累了，恢复了理智，才发现雷鬼满头鲜血。雷鬼喘息着说："我教给你的听清楚没有？打拳一定要注意距离。"

林羽大吼："你凭什么教我？从小到大，你什么都没有教过我，现在教我个锤子！"

就在这时，老杜带了两个人冲上楼顶，高兴地说："林羽，终于找到你了！你可以回中国去了，老板发话，安排你今晚就走！"

林羽愣愣地看着老杜，说道："怎么可能？我打了三场败仗，没把我扔到井盖上就不错了，怎么可能放我走？"

老杜说："快走吧，再不走就没机会了，以后千万不要再来。"

林羽说："你个老油条，肯定使了坏，我才不信你。"

老杜望向地上的雷鬼，雷鬼从地上爬起来，淡定地说："我挖了一雄的一只眼睛，他想找我报仇，让我进笼子，我就让他找老板解决你的事。"雷鬼拍了拍林羽的肩膀，说道："记住我说的，你以后肯定是个好拳手，回中国打正规赛。"

林羽猛然哭了，他不知道为什么哭，这个雷鬼欠他的远不止这么多，他不愿意就这样一了百了。他甩开雷鬼的手，说道："我不愿意！"

雷鬼说："以后别再冲动了。"说完向老杜使了个眼色。

老杜说："在这儿没有你愿不愿意的，别忘了把那几本书捎上。"他带着两个人将林羽粗暴地拉走。

林羽挣扎着说："你个狗日的，什么时候回来？"

雷鬼说："等你考上大学。"

林羽说："你要是说话不算数，我找到你，把你塞进屎坛子里。"

雷鬼哈哈大笑，笑得在地上直打滚，不停地笑。

自由而热烈的云

1

那天，台风"暹芭"抵达了湖南省，导致大别山区暴雨不断，我们几人挤在巷口的杂货铺里头，一边吃花生喝啤酒，一边观看央视播的抗洪救灾的新闻。浩子接到一个电话，说要去接他的姐姐。

外头下着大雨，无法骑摩托车了。浩子找到杂货铺老板，想借用一下皮卡车。老板说油贵。浩子爆了粗口，又说，老子整年在你这儿喝啤酒，你怕是钱没挣够。说完从口袋里掏出三十元扔在了柜台上。老板没作声，收起了钱，从口袋里掏出车钥匙。

浩子交了油费，就使劲地踩油门。这辆皮卡是二十世纪八九十年代在北京组装的，已经"老态龙钟"，而金属外壳又显得十分笨重，一路上，发动机发出沉闷的哀叹，雨滴敲打在皮卡的外壳上，发出噼里啪啦的声音。坐在副驾驶的小栗，实在受不了这份嘈杂，喊浩子开慢点。浩子不听，一脚踩到底，在冲刺中，车身都摇晃了起来。

小栗瞪了一眼浩子。浩子的情况他都清楚。浩子是组合家庭，他有一个亲姐，嫁到了新疆，还有一个继父带来的没有血缘关系的姐姐，叫春雷。这名字是继父取的，据说是生下她的时候，天空在不停地打雷，天雷烧了一个变压箱，半个小镇都停了电。

果然还是提前到了。浩子和小栗躲在车站外的雨棚里，两人沉默不语，一边抽着烟，一边瞅着街对面的发廊，大屏幕播放着篮球赛。

大概等了半个小时。一群黑车司机追逐着一辆大巴，大巴一停稳，黑车司机就争先恐后地寻找拼车的乘客，这些乘客是去城区或者别的乡镇。浩子在人群中发现了春雷。他扔掉了烟，大喊了一声。只见春雷穿着一套粉色睡衣，脚上夹着人字拖，手里提着一个爱马仕的小白包，她一脸兴奋地冲向浩子，一个跨步跳到浩子的身上。"死小子，你这身高都一九零了吧。"

浩子抱住春雷，疑惑地说："姐，你咋穿这样就来了？"

春雷从浩子身上跳了下来，笑着说："我离家出走呗，当时我正在吃饭，吃到一半就想要离家出走，于是立马行动，什么都不要，提着包就出了门。"

浩子惊奇地说："又离家出走？跟姐夫吵架了？"

春雷说："那倒没有！你看我像吵架的人吗？既然回来了，那就不管他们了，我们先去搞点好吃的吧，一路上都饿死了。"

浩子说："爸要知道你这样，非打断你的腿脚。"

春雷说："他嘛，早就知道了结果，再说你怕他，我又不怕他！"春雷见浩子有所顾虑，便扯着他，往雨中走去。春雷突然夺过浩子手中的雨伞，把雨伞收了起来，使劲将其扔得远远的，然后扯着浩子的衣服，一同淋着雨。浩子先是愣住了，见是春雷也没了脾气，于是跟在春雷后头在雨中嬉闹。像是回到了小时候，春雷不停地踩着水流，激起一朵朵水花，努力将水花引到对方的身上。春雷开心极了。不一会儿，从车站里走出来一批旅客，好奇地驻足围观姐弟俩落汤鸡的模样。

浩子说："衣服都打湿了，不如回家换一套衣服，再出去吃饭。"

春雷不干。"等会儿碰到了父亲，见到我这副模样回到娘家，不得气死呀，先去吃饭吧。"

浩子说："可是浑身湿漉漉的不舒服。"

"春雷姐，我可以把我妈的衣服偷出来。"小栗说道。春雷回过头，看见一个染着黄发，上身穿着大号的白色 T 恤衫，下身穿着破洞牛仔裤的男生站在一旁。浩子连忙向春雷介绍了自己的兄弟。

春雷笑了笑，掐了掐小栗的脸说："以前的小屁孩，现在长这么大了。"

三人顶着雨，回到了车上。小栗又提了一遍偷衣服。春雷说："我不穿你妈的，要不把你的给我穿。"

小栗犹豫了一下，脱下 T 恤衫递给了春雷。

"你真实诚，我开玩笑的，小镇上卖衣服的店多得是，买一套就是了。"

小栗"哦"了一声，正准备抽回衣服，春雷拉住了一角，"不过你的腹肌还是挺明显的。"

浩子哈哈大笑。小栗羞得赶紧把白 T 恤穿了起来，结巴地说："姐，你真坏！"

春雷请两人在小酒馆吃烧烤，她一个人喝了三瓶啤酒。在小镇上有个规矩，女生一瓶啤酒顶得上男生喝三瓶，浩子和小栗都喝了九瓶酒。春雷和浩子没醉，但是小栗脸红彤彤的，最后一瓶喝不下去，还在逞强，一口接着一口喝。春雷让浩子出去看还下雨不。浩子趁着撒尿出去一趟，回来说，雨停了。

春雷截下了小栗的瓶子，说道："这酒还没喝到位，但是啤酒喝得肚子太胀了，不如趁着雨停了，外头凉快，出去走走，消消酒，再回来，谁都不许逃，都彻底喝晕掉。"

小栗想要回酒瓶，春雷拿起酒瓶一口气把它吹干了。小栗无话可说，只得给春雷点了赞。春雷推开酒馆的门，抬起头，天空呈现出一片红色，几朵云披上了金光，缓缓地游走在眼前。春雷笑嘻嘻地说："我是不是喝晕了，天空怎么变成这个样了，五颜六色的。"

浩子说："没晕，鬼天是这个傻样。"

跟在后面的小栗说道："这几天，只要下了暴雨，到了黄昏，雨一停，天空就出现了霞彩，挺美的哈。"小栗掏出手机，对着天空一顿拍摄。

春雷转过头问："你有工作吗？"

小栗说："在婚纱店当学徒，婚纱店开不下去了，就失业了。"

春雷说："原来是拍婚纱的，那拍照肯定有技术含量，赶紧给我们拍一张照片。"春雷就搂着浩子，做好了姿势。小栗晃晃悠悠的，一连拍了几张，都觉得不满意。他坐在地上，将手机照片放大，看到了背景里的山，他突然来了灵感，急忙说道："我想到了一个地方，那儿拍照绝对好看。"

浩子问："哪儿？"

小栗说："塔山上，从那里可以看到小城的全景。"

浩子抱怨地说："你怕是喝晕了，塔山也太远了，还要爬山。"

春雷制止住浩子，说道："就去那儿，我想去！"

2

几天后，浩子打电话给小栗，约他黄昏一起去塔山看云霞。浩子那家伙酒都喝不过来，哪有心思去爬山看云，很明显这是春雷的意思。小栗答应了。傍晚，雨停了，他们在塔山脚下集合。浩子骑着摩托车带着春雷，小栗骑着另一辆摩托车，从山底一直冲到山腰。到了山腰，摩托车就上不去了。小栗带着他们从小路绕到山的后背，那儿有一处凸出去的小山包，下面由几棵碗口大的黄山松托举着，形成一个小平台，可以容纳三五个人，站在平台上可以俯视整个小城，不仅如此，抬起头，可仰望一望无垠的天穹。在这个地方，可以好好地欣赏天和云了。晴了的天空渐渐变红，形成了一张巨大的红幕，包裹着半边天空，金灿灿的云朵形状各异，有的像动物，有的像植物，它们缓慢地在眼前移动。

春雷指着一朵云说："快看，那朵云像不像外星人??"

浩子说："后面那朵云就是外星人的飞船。"

春雷说："他们是不是来接我的?"

浩子说："接你干啥?"

春雷说："我其实是外星人，他们来接我回到母星去。怪不得，我跟周边的人格格不入，原来我是外星人。"春雷对着云朵疯狂招手，大声喊："我在这儿!"

浩子也跟着招手喊："外星人，我姐在这儿，她太坏了，把她带走吧。"

　　说完，春雷跟着哈哈笑了起来。

　　小栗拿着手机对着云彩拍了几张照片，又从背包里翻出了饮料，递给了浩子和春雷。浩子没要，他从口袋里掏出了一罐啤酒，春雷看到了，立马抢了过去，大喝一口，然后问小栗，"你在婚纱店当过几年学徒？"

　　小栗说："大概一年吧。"

　　春雷说："那你应该给很多人拍过婚纱照。"

　　小栗说："不多，我主要是打下手，只有摄像师有事请假的时候，我才上去凑数。"

　　春雷说："你有没有拍过特别好的婚纱照？"

　　小栗想了想说："有吧。那是一个秋日，在一片田畈上，麦子已经被收割了，田埂上，零散木梓树摇曳着乌红乌红的树叶，那是一片黄光红影组成的世界，连阳光都变得温柔。新郎托着新娘的腰，我正准备拍的时候，新娘忍不住亲了一口新郎，然后新郎又吻了回去，两人一直吻着。我喊了一声，他们也没分开。我拍了一张照片，然后看着他们吻，仿佛时间都静止了，而我也不忍心去打扰他们。"

　　春雷喝了一大口啤酒，说道："他们吻的时候，你看到舌头了吗？是湿吻还是干吻？"

　　小栗哈哈大笑，说道："伸了舌头，所以是湿吻。"

春雷说："那你是不是很馋呀，看了那么久。"

小栗说："馋倒是不馋，只是觉得挺好的。"

就在这时，春雷的手机响了，她看了一下号码，是父亲，她就把手机递给了浩子。

浩子接通手机，父亲在那边一通怒吼，让春雷立马回家。浩子吓了一跳，赶紧把手机挂了，对着春雷说道："姐，你惨了，爸真的生气了。"

春雷说："他迟早要生气，生气就生气呗，过会儿就好了。"

浩子说："这次可能不会那么快好。"

春雷坐下来，大口喝酒。浩子问："姐，你为何离家出走，姐夫对你不好吗？"

春雷说："他对我还行，没打我，没骂我，事事顺着我。"

浩子说："那你为什么离家出走？"

春雷说："那天是过半夏节，你姐夫那儿很重视这个节日，要做一桌子菜，大小碗加起来十八道，婆婆是个能干人，菜都是她做的，没让我插手。做完菜，然后就是吃饭。你姐夫知道我爱吃虾，就给我夹了一只虾，婆婆看到了，就把虾放在我面前，方便我夹，还帮我盛了一碗猪脚汤，我喝了一口味道不错，然后我突然就好难受，不是大姨妈来了，是心理的。我一直坚持着，坐在那里吃饭，强迫自己要理性，手却抖了起来，脚也抖了起来。我实在受不了，起身就走了，出了家门，买票就回来了。"说着，春雷就哭了。

浩子说："姐夫没追出来？"

春雷说："我躲起来了。我一跑出门，就在小区门口的垃圾箱后面躲了起来，等他们都走了，我再出来，拦了一辆出租车，就去了客运站。"

浩子说："你这都成惯犯了。"

小栗见春雷抹着泪水，从裤兜里翻出了一大坨卫生纸，那是他早上上厕所剩下的，递给了春雷。小栗问："可是你为什么要离家出走呢？"

春雷接过卫生纸，把卫生纸摊开，整个脸塞进纸里，号啕大哭了起来。

浩子咬咬牙说："是谁欺负你了吗？我去弄残他。"

春雷说："没有。"

春雷想起第一次与男人见面的场景，那时她刚从护校毕业，在一家药店实习。男人来买感冒药，说有些嗓子疼，要买强效药。她觉得男人感冒症状比较轻，建议男人买中成药。男人说强效药可以打个预防针。她见男人顽固，直接说，没药。男人就多看了她一眼。

小栗说："姐夫是你初恋？"

春雷点了点头。

浩子说："姐，你就是从来没恋爱过，好不容易有一个人站出来，送送东西，问问冷暖，你就心软了，就以为是爱情。"

春雷站起来，捶了浩子几拳头，打在他的腰上，说："你懂爱情？你懂个头！"

浩子觉得痒痒肉被搅动了，吱吱地笑了起来，说："最起码我谈过的恋爱比你多，你只谈过一次。"

春雷又用力打了浩子几拳。浩子笑得更厉害了。浩子说："姐，你到底是怎么了，我不懂！"

春雷说："我也不懂。"

她望向天空，如此的红，如同她结婚的那天，到处都是红彤彤的，喜庆极了。那天，她穿着红色的吉服，周边好多人，到处都是人，她被团团围住，大家你一句我一句，她不知所措，连空气都呼吸不过来。正在她慌张的时候，手被牢牢地抓住，她一看，是丈夫。她立马张开手，与其五指相扣，顿时有了安全感。她抬头，看见夫家的门楣，上面书写着"光宗耀祖"。那一刻，她觉得自己不再属于个人，而是属于一个家庭。

电话又响了，春雷看都没看递给了浩子。浩子一看，是姐夫打来的，刚接通。春雷像是一头母狮，从地上一跃而起，抢过电话，然后挂断。

3

"你再跟我说一下，他们是怎么接吻的？"

"这个有什么好说的。"

"再说一说吧，我想听。"

春雷和小栗在小城的街道上晃悠，正值黄昏，大多数人都在吃晚饭，街上没有什么人。淡淡的余晖铺在路上，看似软软的一层棉纱，与周边街景的倒影相交错，每走一步，光在动，影子在动，世界万物都在动。

小栗问："你婆婆来了，你不回去吃饭好吗？"

春雷说："她来又不是找我的。"

小栗说："怎么会？那么远来，就是来找你回去的。"

春雷说："她是来给我爸施压的，当初父亲问我嫁不嫁，我答应嫁，他让我要考虑好，嫁出去的女儿泼出去的水，好歹亲家的家庭条件还不错，经营连锁药店。我跟他保证，嫁得好不好我都认了，而且我又不是图他一分一毫的钱，我自有底气。"

小栗说："那你后悔吗？"

春雷没回答。她沿着黄色的光影往前走，光影一闪一动，人越走越晃，她仿佛回到了那一天。那时她和男人认识还不到一个月，男人约她出来吃饭，她像往常一样，准备去老地方。当她走到广场的时候，突然音乐响起，一道道喷泉从广场中央飞喷而出。男人从喷泉中走了出来，抱着 99 朵玫瑰。她惊呆了，广场上那么多人看着她。男人走到她的面前，单膝下跪，掏出花束向她求婚。周边看热闹的人一起起哄。她顺势自然地接过戒指。两人相拥在一起，她感觉到了男人的体温，滚烫得像熔岩。想必，那也是自己的体温。

小栗说："姐，你在想什么？"

春雷说："想什么，不知道想什么，总觉得心里有根刺。"

小栗说："什么刺？"

春雷摇摇头。那是被温柔包裹的一根刺。婚礼的前几天，她曾询问男人何时去办结婚证。男人支支吾吾的，没个准信，她也没多想，婚礼都办了，能出什么问题。可是婚后半年，对方始终不愿意办结婚证。她问男人，男人一次次沉默。最后是婆婆出来跟她解释的。婆婆说，你也看到了，门楣上都写着，光宗耀祖。当地的习俗是，女人生了男孩之后，再领结婚证。她当时为之一震，都什么年代了，怎么会有这种事！她跑去质问男人，男人说了一句，一方水土，一方习俗。这边的习俗就是这样的。春雷忽然觉得，这一切都是假的。他家只想要个生孩子的女人。可是，男人是个老实人，对她的好又是那样真切，她无论如何都不信，男人会骗她。她又问男人，领了结婚证就是夫妻，我们没领证就不是夫妻。男人说，可是我们办过婚礼，拜过祖宗，我们就是夫妻了。婆婆也发誓，过了堂，就是我家的媳妇，你放心，我家不会亏待你，而且不是不让你们办，我们这儿是这样的。别人家要求是男孩，我们家不管生男生女，生了之后立马给你办。

春雷躲在房间几天，为这事茶饭不思。她扪心自问，是不是自己太纠结了，结婚证就是一张纸，这张纸证明不了爱情，何况自己又不是不能生。可是……无论春雷怎么说服自己，这个包裹的刺，始终消不了。

小栗说："你要吃冰棍吗？"

春雷看到前面不远处的杂货店门口摆放着一台冰柜。"可以呀，我想吃小布丁。"

"我请你吃。"

春雷蹲在杂货店门口，认真舔着冰棍，像是吃着自己的不甘心，每一口都冰冷。而小栗吃冰棍就直接咬，咬下一边，嚼两三下就吞入肚中，没多久，一根冰棍就吃完了。他把冰棍的木棍当作飞镖，狠狠地扔向远方，木棍飞到了对面街铺的屋顶上。小栗发现，停在店门口的皮卡车钥匙没拔。他突然想去兜风，向春雷使了个眼神，春雷秒懂。两人偷偷溜上了车，将车开了出去。

"不知道杂货店老板是啥表情，肯定很惊讶。"小栗说。

"他跟在后面骂你。"春雷透过反光镜，看到了杂货店老板在后面追了几步。

"让他骂吧，反正他也挣了我们不少钱。"

小栗狂踩油门，皮卡车使出最大的劲往前冲，发出轰隆的声音，过往车辆纷纷避让。他们又来到了塔山的山腰，准备看云，然而今天没有下雨，天空灰蒙蒙的，天气也闷热。

"今天不知道看不看得到云彩。"

"要等一场雨吧。"

"天气预报说有雨。"

"那就等等吧。"

他们坐在了一棵松树下。

"姐夫到底是个怎样的人?"小栗问。

春雷没有立马回答,她想了想,男人的确是个好人,家务他基本都做,而且做得好,从不让人费心。这些都是装不了的。春雷说:"他很老实。快别说这些了,问你那么多遍,你到底说呀,他们是怎么接吻的。"

小栗没办法,望着远方的小城说道:"他把她推到墙上,然后相拥在一起,轻轻地吻着嘴唇,慢慢地,双方热烈了起来,更加疯狂地亲吻,都吻出了呻吟声。"

春雷说:"真好!"

小栗问:"不可能吧,你没试过?"

春雷说:"你猜。"

小栗没猜。

春雷看到了一个背影,坐在院子中,一旁的小桌上摆放着瓜果,一边摇着蒲扇,一边吃着西瓜。那个背影春雷很熟悉,就是她的男人。那是日夜出现在她梦境中的画面,她想静静地坐在男人的身边,就那样安静地陪着他。春雷发现,这是多么低的要求,而且早已经达到了,只是发现自己不是冲动,而是真的喜欢男人,喜欢到想占有他,所以必须拿到那个证,她才能完全安心。

小栗说："姐，我跟你说个事。我舅舅给我找了工作，是油漆工，我不想干，舅舅跟我说，人不能就这么耗着，试一试，说不定跟想的不一样。"

小栗能说出这样的话，春雷有些惊讶地说："你不想当摄像师？"

小栗说："会做摄影的，我挣钱了，就回小镇开个婚庆公司。一条龙服务。"

春雷说："那还不错，栗老板。"

小栗笑着说："不知道是哪年哪月。"

就在这时，小栗的手机响了。"我姐的手机打不通，你们在哪儿？"浩子在电话里焦急地问。

"你管我们在哪儿！"小栗说。

"快把电话给她，有重要的事情。"

小栗没有办法，开了免提。浩子急促地说道："姐夫带了一堆礼物过来，说是赔罪。姐的婆婆也来了，也说是赔罪。现在爸很生气，下了死命令，要她立马回家，让我务必把她找到。"

小栗看了一眼春雷。雷阵雨一下子就下了，雨水像是倒开水一样，淋在他们的身上，不到五秒，他们全身都湿透了。两人都站在原处，接受雨水的冲洗。

春雷深深叹了一口气说："回去吧。"

小栗说："你说什么？大点声。"

春雷大声地说："回家去吧，有些事总归是要面对的。"

4

在送春雷回家的路上，雨已经停了。漫天橘红色的光线将整个世界包裹。一朵巨大的云在阳光的折射下发出金灿灿的光线，它缓缓的，从南往北移动。

小栗见春雷一直低着头，于是提醒她看一眼天空："你看那朵云，像不像一只鸭梨？"

"哪儿像鸭梨了。"她仔细地打量，喃喃地说，"我看倒像一个婴儿，在母亲的子宫里酣睡，你看那是他的小鼻子、小手。"

春雷摇下车窗，伸出手，想要去抓住云朵，一把抓空，她又举起了手，再去抓。小栗看到了，提议道，不如我们去抓云朵吧。小栗使劲地把油门踩到底。皮卡发出哐哐的声音，车身都震动了起来。小栗抹了抹仪表盘，说道："老家伙，最后一把，冲出去。"皮卡似乎也感应到了，响声越来越大，积蓄了动力之后，嗖地冲了出去，拼了老命往前冲。春雷感觉不可思议。

小栗说："姐，快去抓云彩吧。"

春雷把半个身子伸出车窗，够着天边的云彩。一次两次三次，都没有够到。皮卡的速度渐渐地降下来了。

小栗大声喊："姐，再来一次。"

春雷伸手一抓，似乎抓到了什么东西，手掌紧握，欣喜地钻回车里，将那东西放在心口。

小栗又看了看天空。他停下了车，把手机伸到车窗外，左挪右移，终于找到了一个合适的角度，为那朵逃走的云拍了一张照片。他把照片放大，很是满意。春雷也够着头过来看。

"真漂亮!"

"送给你吧，当礼物!"

"无缘无故的，为啥要送礼?"

"姐，你要回去了，再见不知道是明年，还是后年。"

"你怎么知道我要回去?"

"你婆婆都来了，你肯定拗不过她的，何况你丈夫对你挺好的。"

春雷没作声，小栗见状，只好踩油门，在街巷中穿梭。不一会儿，就到了春雷家的楼下，浩子已经坐在马路牙子上等着，他见着春雷，两眼放光，一个箭步冲了过来，笑嘻嘻地抱着春雷。

"姐，你连我都瞒着!"

"你不是说父亲火冒三丈，要拿我是问吗?"

"姐，那是父亲逼我说的，我不那么说，你也不会这么早回来。"

"你小子，连我都糊弄？"

"谁叫你先骗我。"

跟小栗打完招呼之后，浩子带着春雷上了楼，一进门，屋子里挤满了亲戚，齐刷刷地看着她。还没等她回过神，亲戚们就围拢了过来，问她反应强烈不，是喜欢吃酸的，还是喜欢吃甜的。

父亲站在一边，乐呵呵地笑，他笑起来，皱纹一动一动的。父亲佯装不满地说："这么大的事，你也不跟我通个风，我在家啥都不知道，还骂了你一顿。"

春雷看着周边一张张嘴，都不知道听谁讲，她仿佛又回到了结婚的那天，整个人被团团围住，连呼吸都变得急促。她的脖子不停地上抬，上抬，她望着天花板，想了想，要是长触角就好了，可以一下子跳上天花板，不用下来。

就在这时，婆婆从人群中钻了进来，拉着春雷的手，将她从人群中带到了沙发上。"你怀孕的事我晓得了，你看的医生跟我们关系铁得很，你要早跟我说，想回来住一住，我就派车送你回来。"

春雷打量四周，没有看到丈夫。婆婆发觉了，连忙说："我让儿子在家准备鸡鸭鱼肉，还有你爱吃的菜，搞几桌酒席，热闹热闹，再为你补补身子。"

原来如此。春雷叹了一口气说："我不想回去。"

婆婆说："不回去也行，这我也想到了，毕竟在娘家养胎自在，我跟亲家公商量，我隔三岔五带吃的过来。"

周围的亲戚连忙附和，夸赞春雷有福气，婆婆想得周到。

春雷摇摇头，哆嗦地说："我说的不是这个。"

婆婆连忙起身，从包里拿出了户口本，塞到春雷的手上说："我知道你想要结婚证，那都是小事，户口本给你，随时都可以办的。"

大家都攒着喜气，有人劝说她，莫生气，对孩子不好；有人说，孕期的女人是这样的，脾气忽大忽小。只有春雷低下头，端着户口本，她感觉一口气憋在心里，全身都在颤抖，再仰起头，看了看周围的人，她抖得更厉害了，所有的气升到嗓子里，到了爆发的极限，她再也忍不住了，大吼一声："我要离婚！"说完，就扔下户口本，推开了众人，跑进房间，闩上了门。

整整一晚，春雷躺在床上，她一直想着离婚两个字，可笑，自己从来没结婚，哪有离婚一说。和丈夫两个人，只要一人离开了，另一人就成了陌生人，在法律上完全没有关系。办了婚礼，却像没结婚一样。她所有的委屈无人知晓，她搞不懂婚姻，搞不懂爱情了，就那样似有似无，还把自己紧紧捆绑住，动弹不得。

她伸手摸了摸肚子，她要当母亲了，按道理，为了孩子，她得隐忍，她不能熬夜，得马上入睡，心情变好，这才能好好保胎。她想着孩子一步步长大，她得做好多的事，像她的父亲那般，忙碌的，操劳的，围着孩子转。她已经做好了离开的打算，本没想要这个孩子。她忽然感觉肚子动了一下，这肯定是幻觉，才一两个月孩子都没成形，怎么可能动？她看着自己的肚子，反复地抚摸，心里说不清楚，像是冥冥之中，都有定数。

春雷从床上起来，打开窗户，天已经黑乎乎的一片。她拿起手机，翻到小栗拍的那片云朵，她将照片放大，一点点地移动，对着外面的天空，高高地举起来，仿佛自己置身于火红的云层之上。她坐在云朵上，缓慢地向前移动，底下是静谧的小镇，横七竖八的街道上行人无几。云彩带着她前进，远离了那些熟悉的地方，她也不去张望。天穹发出红色的光线，她感觉浑身自在，伸开双手，大风扑在她的身上，将她的衣服吹了起来，她感受到了前所未有的自由，不禁感叹地喊出，好温柔呀，这风好温柔呀！

5

小栗从省城回来了。浩子开皮卡车去车站接他。几年不见，小栗已经开始蓄胡须了，看起来比实际年龄成熟了不少。天下了雨，两人站在车站前的车棚里躲雨，对面的发廊关闭了，门口堆满了垃圾。

浩子给小栗递了根烟说："兄弟，混得怎么样？"

小栗说："还行吧，反正干摄影这行，就是民工的命。我打算攒几年钱，回来开一个婚纱店。"

浩子说："那混得不错呀。"

雨停了，天空出现云霞，红色的光芒正照在两人的脸上。

小栗吐了一口烟说："看到这云霞，想到了那年和你姐一起去追云霞。"

浩子笑着说："是呀，好几年没有抬头看天空了。"

小栗说："你姐呢，有消息吗？"

浩子说："前几天往家里寄了照片，她和孩子在泳池里玩耍，看样子过得还行吧。"

小栗说："听说她离家出走了，一直没怎么和家里联系。"

浩子说："是的，她走了之后，我父亲也气坏了，到处找，没找到。婆家也找了，也没找到。他们是想把孩子抱回去，我父亲和亲家大吵了一架，双方就一刀两断，也就那样算了，没有了来往，反正他们又没领证。"

小栗忽然想起了什么，他在手机里翻来翻去，终于找到了一张照片，他把照片放大，仔细看了看，笑了起来。那是他送给春雷的照片，一朵自由而热烈的云。